KB237970

날것 그대로의
중남미

날것 그대로의 중남미

사진. 임주환

글. 정진숙

늦게 피었기에 더 깊이 보였다

행복우물

중남미의 길에서 만난 천사들과

오늘도 그 삶을 힘겹게 이어가는

디아스포라를 위하여

테오티우아칸

칸쿤

치첸 이트사
& 세노테

멕시코시티 IN

과테말라

에콰도르

**Travel Route in
Latin America**

페루

리마

마추픽추

쿠스코

라파즈

브라질

볼리비아

우유니

파라과이

리우데자네이루 OUT

파라과이

아카타마 사막

칠레

아르헨티나

이과수 폭포

산티아고

우루과이

콜로니아

부에노스아이레스

엘찰텐 피츠로이

엘 칼라파테

페리토 모레노 빙하

토레스 델 파이네

푼타 아레나스

비글 해협

우수아이아

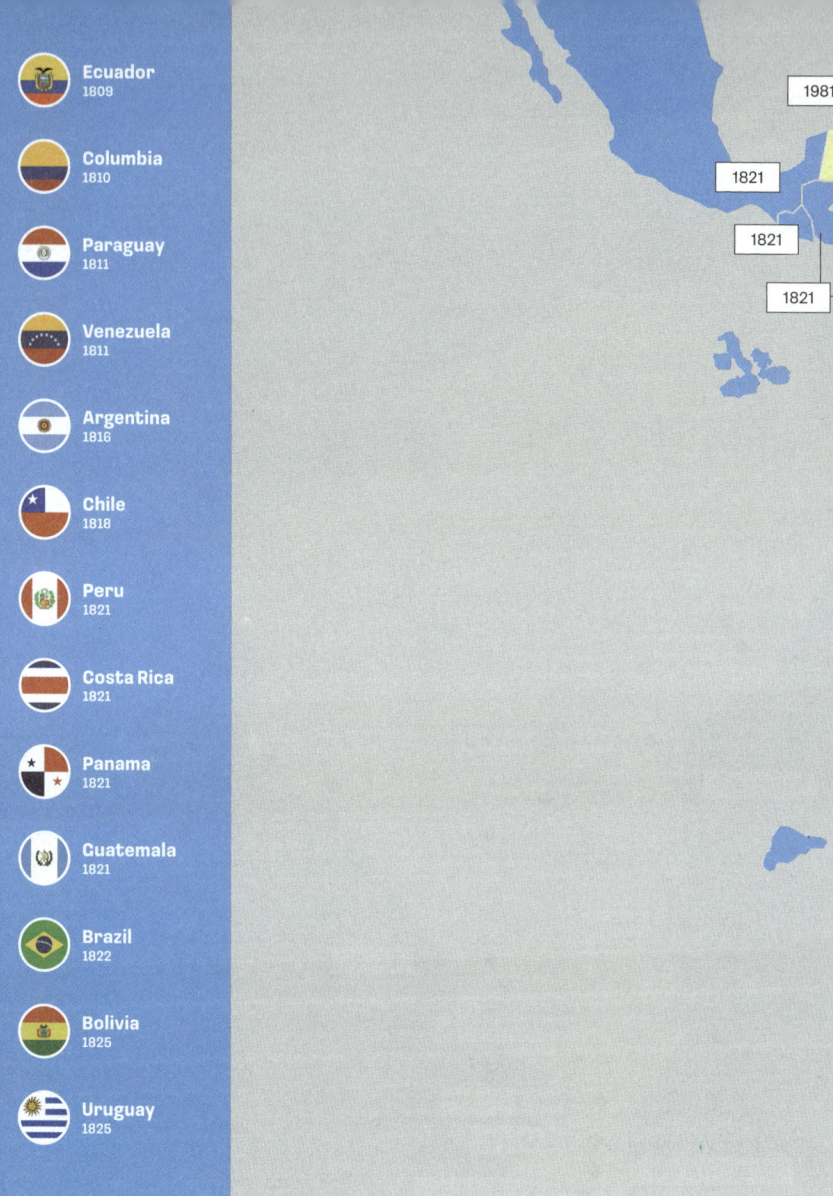

Ecuador
1809

Columbia
1810

Paraguay
1811

Venezuela
1811

Argentina
1816

Chile
1818

Peru
1821

Costa Rica
1821

Panama
1821

Guatemala
1821

Brazil
1822

Bolivia
1825

Uruguay
1825

1981

1821

1821

1821

Independence Declaration of South and Central American Countries

1821

1811

1966

French Guiana

1975

1810

1809

1821

1822

1825

1811

1816

1825

1818

도표는 중남미 국가들의 독립 연도이다.

중남미의 나라, 그리고 언어…

"한국은 글자가 있나요?"

중남미를 여행하면서 두 번이나 이와 같은 질문을 받았다.

글자가 없는 나라가 어딨어? 첫 질문을 받았을 때는 무슨 뜻인가 의아했다. 동방의 빛 대한민국은 작은 나라이지만 세종대왕이 만드신 우리글과 모국어가 있다. 그러나 우리가 여행한 중남미 국가의 언어(공용어)는 스페인어, 포르투갈어, 영어 등으로 해당 국가 고유의 모국어를 사용하는 국가는 없었다. 우리의 글과 언어가 있다는 사실만으로도 자랑스러운 대한민국임을 실감한다.

미국 이남 중남미의 스페인 식민지 시기는 1524년부터 1800년대 초반으로 약 삼백 년이다. 스페인 식민지 시기는 언어, 종교(천주교), 문화, 사회 경제 등 다양한 영역에서 영향을 남긴다. 중남미는 브라질(포르투갈어)을 제외하고 스페인어가 모국어가 되었다. 마야 잉카 원주민들이 사용하던 모국어가 있었으나 세대를 거듭할수록 사용하지 않다 보니 거의 소멸 중이다. 중남미 국가들의 스페인, 포르투갈로부터의 독립운동을 일별하면 미국이 영국으로부터 독립(1776년)하고 라틴 아메리카 전역에서 스페인과 포르투갈의 식민 지배에 맞선 독립운동이 일어난다.

주요 독립운동과 지도자로는 북부는 안데스 지역의 독립을 이끈 시몬 볼리바르(Simon Bolivar)가, 남부는 호세 데 산 마르틴(Jose de San Martin)이 독립운동을 주도했다. 멕시코는 1821년 엘리트층이 주도하여 독립하고, 중앙아메리카는 멕시코 독립 이후 5개 국가(과테말라, 엘살바도르, 온두라스, 니카라과, 코스타리카)가 연합하여 독립했으나 곧 분열하였다. 스페인령 국가들이 공화국으로 출발했다면, 포르투갈이 점령한 브라질은 1822년 포르투갈 황실 일원을 황제로 추대한 입헌군주국으로 출발했다는 점이 다르다.

쿠바와 푸에르토리코를 제외한 라틴 아메리카 전역이 1825년경까지 독립하였으나 독립 후에도 군사 지도자들의 쿠데타와 내전이 끊이지 않았고 독재 정권이 반복되면서 정치적 불안정이 계속되었다. 또한 경제는 원자재 수출에 의존하며 서구의 영향력 아래 놓이면서 신식민지 상태가 되었으며 독립을 주도한 계층이 기존의 토지 소유와 사회적 특권을 그대로 유지했기에 인디오나 메스티소 등 하층민은 문맹률이 높고 빈곤을 벗어나지 못했다.

들어가는 길

백 년도 못 살 인생이 천년의 유적과 마주한다.

우리는 시간과 공간에 제약받을 수밖에 없는 작고 여리고 힘없는 존재이며 광대한 자연과 신 앞에 무릎 꿇어 겸손할 수밖에 없다. 중남미 여행은 37년 동안 국가의 부름에 응하여 나라를 위해 살았던 남편(대장)과 나에게 허락한 선물이다. 포근한 둥지 남편과 비행기로 지구 한 바퀴. 젊은 시절이라면 예산을 따지고 집으로 돌아갈 걱정을 하겠으나, 퇴직자의 시간은 속도를 내지 않고 눈에 들어오는 풍경을 담을 시간이다. 몇억 년 전 바다였던 염전, 신전, 피라미드, 거대한 산맥, 초원, 무지개다리 뒤로의 폭포 등 눈 앞에 펼쳐진 대자연은 가슴에 담기도 벅차다.

처음은 특별하고 설렘과 불안이 공존했다.
배낭을 메고 낯선 대륙을 걷는다는 것은 무모한 도전인지 모른다. 나이가 들어갈수록 세상을 보는 눈이 고요하여 사람들의 움직임과 말과 표정 풍경들이 더 선명하게 다가온다. 문을 박차고 나가 원주민과 더불어 걷고 싶으면 걷고 쉬고 싶으면 쉬고 먹고 싶으면 먹으며 새털 같은 자유를 느낀다.

여행은 무게 싸움인데 시작부터 눈이 퀭하다.

나의 60리터 배낭에는 사계절 옷, 침낭, 목베개, 코펠, 대장의 70리터 배낭에는 역시 사계절 옷과 비상식량, 양념, 의약품과 똑딱이 카메라를 넣었다. 한 달 전부터 집을 나와 대중교통을 이용하여 걷는 연습을 했다. 여행을 떠나기 전 구순을 바라보는 어머니께 다녀오고, 출발하는 날 손주들과 어린이집 등원 길에 동행했다. 비행기 탑승 직전 마지막 한식은 육회.

하나님께서 보여주시는 넓은 세상을 보는 것도 중요하지만, 생각하고 느끼는 여행으로 안전하게 살아서 귀국하는 것이 목표이다. 나의 가는 길에 천사를 보내주소서.

CONTENTS

마야 문명
아즈텍 문명

멕시코, 과테말라

（1）

Maya Civilization
Aztec Civilization

멕시코

① 길 위의 길에서

멕시코는 고대문명과 식민지 역사, 근대 국가가 중층적으로 결합된 혼합 문명국가이며, 북미와 중미를 잇는 문명의 교차 공간이다. 남편(대장)의 퇴직으로 떠나온 중남미 배낭여행은 보는 것이 능사가 아닌, 생각하고 느끼는 여행이기로 했다. 중간 기착지 벤쿠버는 캐나다 3위의 도시인데 인천공항과 비교가 불가할 정도로 한산하고 소박하다. 이후 20여 시간의 비행과 환승 끝에 도착한 멕시코 시티, 시커먼 도시의 가로등 불빛이 시야에 들어오는 순간 성질이 급한 나는 안전띠를 풀려고 두 번이나 손이 왔다 갔다 멈칫한다. 완전무장하고 당장이라도 튀어 나갈 듯한 조바심은 천천히 움직이는 사람들을 보고서야 나를 불러 앉혔다. 화물이 일찍 나온 것은 좋았는데 가방을 감싼 커버가 홀라당 벗겨져 있다.

20kg 배낭을 메고 도보로 십 리를 이동한 것은 실수였다.

과도한 욕심은 화를 불러와 밤새 끙끙 앓다가 허리 발목 어깨 손목에 파스를 붙였다. 배낭이 크다고 이것저것 넣은 것이 내 발목을 잡았다.

고통의 밤이 지나고 아침이 밝아오자 언제 그랬냐는 듯 몸이 멀쩡해졌다. 밤새 고민 중의 하나는 먹거리를 버릴 것이냐, 옷을 버릴 것이냐의 문제였다. 버릴 것들은 과감하게 버려야 이동이 빠른데 버릴 것이 뭐가 있을까. 먹거리는 여기까지 메고 온 것이 아까워서 숙소에서 먹고, 옷은 최소한만 남기고 숙소 직원에게 나누어 주었다.

우버를 불러 소칼로 광장으로 나갔다. 어제부터 이렇게 먼 거리를 생존 배낭을 메고 걸었다는 사실이 기가 막혔다. 기사님이 현지인을 특히 더 조심하라고 세 번이나 말한다.

② 멕시코시티

"어떤 놈이 내가 예약한 호텔을 취소했네?"

우리는 3박을 예약하고 선불로 결제했는데 호텔 방은 취소되어 있다. 취소하면 환불이 안 되는 방이니 이를 어찌할까? 부킹닷컴과 호텔 중 누가 장난을 했는지 모르겠지만 화가 머리끝까지 올라 부킹닷컴에 '방이 취소되어 있으니 확인해 주세요'라는 메일을 보냈다. 그냥 넘어갈 우리가 아니다. 호텔 직원과 천천히 잘잘못을 따져보며 부킹닷컴의 회신을 기다렸다. 결론적으로 잘 해결되리라는 기대를 깨고 숙소는 날아갔다. 시작부터 전조가 심상치 않다. 축 처진 여행 시작의 분위기를 달래기 위해 카운터에 배낭을 맡기고 멕시코시티 투어 버스에 몸을 실었다. 시티투어 버스는 홉 온 홉 오프(hop on, hop off : 정류장에서 자유롭게 타고 내린다) 방식으로 도심을 돌며 소칼로 광장, 메트로 폴리타나 대성당, 국립 예술 궁전 등을 보여준다. 마침 도심 곳곳에 흐드러지게 피어있는 보라색 하카란다(Jacaranda) 꽃물결이 조금 전 불쾌했던 마음을 달래준다.

멕시코가 너무 많은 이민자를 허용한 이유일까? 거리에는 부랑자, 행려병자, 걸인이 도로에 앉아있거나 도심 길가에 텐트를 치고 숙식하는 등 떠도는 이들이 부지기수이다. 국가에서 부랑자들을 방치하는 것이 이해되지 않았다. 해 질 무렵 서울역 어디쯤 앉아서 잠자리를 마련하려는 우리네 노숙자들의 모습과 흡사했다.

③ 테오티우아칸

소칼로 광장 주변으로 박물관 성당 쇼핑거리가 있으며 광장 옆에 있는 아즈텍 신전 터는 복원 중이다. 기원전

600~200년까지 이 시기의 인구는 육천 명. 다민족 다문화 제국집단 지도 체제로 추정하고 있다. 아즈텍 문명을 재현하는 광장은 어디나 사람의 왕래가 잦으며 멕시코의 문화가 여실히 드러났다.

"아~ 이게 뭐야. 일산에 있는 중남미 문화원 박물관보다도 못하잖아?"

"마야 문명 아즈텍 문명의 숨결을 가까이에서 느껴야지 무슨 소리하세요?"

광장 한켠의 용설란을 보는 순간 나도 모르게 눈시울이 젖어 왔다. 이것을 보러 왔는데 내가 간과했네. 우리는 현실에서 벗어나 마야 문명이 남긴 흔적을 따라 잠시 쉬어간다.

소칼로 광장에 앉아 멍때리는 순간 고대 문명은 우리를 과거로 인도했다. 세계 역사를 되돌아보는 시간이다. 천천히 걸어야 숨이 차지 않는다. 오래된 도시의 냄새, 무계획적인 도시 뒷골목의 담벼락 벽화는 낯선 듯 친근하게 다가왔다. 템플로 마요르 신전 벽 대형 기도문에 등을 기대어 편한 자세로 앉으니, 이들이 제단을 쌓을 때 울리던 뿔 고동 소리가 귀에 들려 오는 것만 같다. 소칼로 광장에서 아즈텍 문명 마야 문명을 재현하는 복장을 갖춘 주술사가 향을 피우며 사람들의 눈길을 끌고 있다. 고대 바람이 내게 다가와 간질이듯 속삭인다. 아웅다웅 아귀다툼하는 사람들의 모습이 작게 느껴지는 순간이다. 학생들이 견학을 나왔나 보다. 재잘거리는 소리를 듣는 것만으로도 마냥 즐겁다.

캄보디아의 앙코르와트가 숲이 많았다면 멕시코의 테오티우아칸은 이탈리아 폼페이의 베수비오 화산과 비슷한 느낌이다. 신에 다가가기 위해 피라미드를 세운 것은 인간의 집념의 결과물인가, 아니면 기도에 대한 응답인가? 지구 반대편으로 멀리 와 있는 나 같은 게 뭐라고 이런 복을 주셨을까. 눈가가 촉촉해지네.

④ 기억과 관용의 박물관

기억과 관용의 박물관은 2차대전 시 나치의 유대인 학살부터 지금도 일어나고 있는 언론 탄압, 전쟁, 인종차별, 폭동 등으로 희생당한 사람들에 대하여 알리고자 만든 박물관으로 전시 마지막 코너에는 이민자들의 고통도 다루고 있다. 이를 통해 평화의 소중함과 관용의 중요성을 일깨워 주는 듯하다.

관람을 마치고 나오니 박물관 앞 도로에서 사람들이 길거리 악사들의 버스킹(Busking) 연주에 맞추어 땀방울이 송송 맺히도록 춤을 춘다. 음악이 흐르는 곳 어디에서나 무리를 지어 춤을 추는 모습이 인상적이다. 스페인 민속춤 플라맹코(Flamenco) 영향을 받은 멕시코 할리스코(Jalisco) 춤은 플라

맹코에 비해 경쾌하고 밝다. 고대 문명의 영향을 받아 화려한 색채를 이용한 의상이 이채롭다. 남성은 손을 사용하지 않는 것이 특징이며 여성은 치마를 활용해 화려한 동작을 보여준다.

"불안하다, 불안해."

튀어 나가면 안 된다고 말하더니 웬걸 등 떠밀려 도로 중앙으로 나갔다. 에라~ 모르겠다. 몸이 먼저 반응하는 나, 여행 중인데 아무렴 어때. 춤을 잘 추는 건가. 좀 놀아본 여인인가. 누가 나 좀 말려주세요. 동양인이라 특별했는지 시선이 쏠리는 것은 나만의 생각이리라.

메트로 카드를 사서 세 번 환승에 성공하였다. 지하철 완전 정복! 마치 현지인처럼 다닌다. 그 어렵다는 모스크바 메트로도 성공한 우리가 아닌가. 그래도 여기선 지하철 노선과 지도만 보고 찾아가면 낭패한다. 교통이 통일되지 않아서 일반버스, 지하철 연결 버스, 카드만 받는 버스(연두색 보라색 버스), 현금만 받는 버스 등 버스마다 다르다.

"Hola(안녕), Gracias(감사합니다)."

숙소에서 다양한 인종들이 조식을 먹으면서 눈이 마주치면 입꼬리를 올리며 인사를 한다. 해발 2,300m에서 온몸을 조여오는 신체적 반응으로 몸이 흔들리는 것인지 머리도 얼얼하다. 아침도 든든히 먹었으니 천천히 걸으며 고지대에 적응하는 시간이다. 몸은 어지럽고 산소부족으로 호흡은 답답하고 속이 메슥거려 구토할 것 같고 발바닥은 땅속으로 끌려들어만 갔다. 재빨리 고산병 약을 삼켰다. 발에 쥐가 난다. 무지외반증 수술한 발을 거칠게 사용하는 나는 청춘인 줄 착각한다. 아픈 다리를 끌고 한 달 만에 캠핑했다. 지난해 성대수술을 하고 삼 개월 만에 칸타타를 준비하며 행복해했다. 결과는 묻지 마라. 목소리 변했냐고.

멕시코 시티에 1952년 설립된 카페 아바나는 체 게바라와 피델 카스트로, 가브리엘 가르시아 마르케스가 자주 만나 쿠바 혁명을 논하던 장소이다. 아바나는 정치인과 저널리스트가 만나 라틴 아메리카 역사와 정치체제를 논한 화합의 공간으로 유명하다. 우리나라가 6.25전쟁 중일 때 지구 반대편에서는 다른 혁명가들이 체제 전복을 논하고 있었고, 그 장소가 지금까지 유지되고 있다는 것이 놀랍다.

유카탄주 메리다

① 마야 문명의 발상지

날밤을 꼬박 새우고 베니토 후아레스 공항으로 이동했다. 비행기 화물 수화물 15kg 기내 10kg을 공항 바닥에 펼치고 무게를 맞추느라 이리저리 옮기고 나서야 간당간당하게 화물 체크인 카운터를 통과했다. 우리는 추가 요금 상황을 만들지 않았다고 서로 자화자찬했다. 네온사인이 잠들고 아기 햇님이 새벽을 비추기 시작할 무렵 비행기가 날개를 펼치고 서서히 비상한다.

전에 하던 여행 스타일이 불편을 감수하는 여행이었다면 이번 여행은 격을 높이기로 했다. 버스나 철도를 이용하면 하루 24시간이 걸리는데 비행기는 90분이라니 자본주의 위력을 새삼 만끽한다. 급을 높여보자면서 계산하는 심보는 뭘까. 이동 수단은 어쩔 수 없지만 숙식은 조절할 수 있다. 시작은 좋았어. 조식도 훌륭하고 방 안의 상태도 아주 굿이다.

그러나 부킹닷컴의 불발 사건으로 원치 않는 숙소 변경과 이동으로 몸의 상태가 저하되었다. 게다가 고산병 증세까지 겹치면서 옷을 세 겹이나 껴입어도 멈추지 않는 콧물과 컨디션 난조를 겪으며 메리다 공항에 도착했다. 이곳에 모기가 많다는 소리를 들었으나 모기가 공항까지 영접을 나올 줄이야.

멕시코 메리다는 한인 디아스포라와 독립운동사에 등장하는 도시이다. 멕시코의 남쪽 유카탄반도는 마야 문명의 발생지이자 중심지이며 마야 문명의 본거지로 불린다. 마야어를 사용하는 메리다는 치안이 좋아 '하얀 도시'라는 별칭이 붙었다. 그러나 메리다는 잘 사는 동네가 아니다.

높이가 낮은 집들이 다닥다닥 붙어 있고 골목골목이 똑같아서 택시 기사도 숙소를 찾지 못하고 빙빙 돌았다. 지도는 애매하고 집 색깔이 연한 파스텔 톤으로 비슷하니 처음 온 우리는 당황할 수밖에. 힘겹게 찾은 숙소는 너무 일찍 왔는지 문이 닫혀 있다. 눈치 빠른 기사가 연결한 전화로 통화를 하여 출입문 비번을 알아냈다. 기사가 없었으면 피부를 찌르는 듯한 따가운 햇살로 숨이 턱 밑까지 차오르는 이 땡볕에 속 터질 뻔했다. 주인도 없는 숙소에 들어와 물을 벌컥 들이키는데 주인장 페페가 허겁지겁 들어온다.

② 잃어버린 땅

개항 이후 조선은 사회문화적 변화가 일어난다.

이 시기 제국주의 열강들은 땅을 넓히기 위해 약소국가를 침범하여 식민지로 삼았다. 1910년 일제의 강압적인 합병으로 조선 땅은 더 이상 조선 백성들의 것이 아니었다. 학교에서는 일본어로 이야기하고 대답해야 했다. 조선인들은 굶주림과 가난, 일제의 압박에서 벗어나기 위해 지리적으로 가까운 중국의 간도, 러시아의 연해주, 일본 등으로 이주한다. 조선인들의 이주는 살아남고자 하는 생계가 목적이었으나 정치적으로 망명이었고 독립운동의 성격도 포함한다. 외국에 거주하는 한인을 '코리안 디아스포라(재외동포)'라고 부른다.

  어디 그뿐인가. 멕시코 용설란 농장에 노예로 팔려 간 조선인들은 4년의 계약이 끝났으나 돌아갈 조국이 없어졌다. 이들은 멕시코, 쿠바, 과테말라, 브라질 전역으로 흩어졌으나 조선인임을 잊지 않으려고 모여서 빼앗긴 고국을 기억하려 몸부림쳤다. 누가 이들을 이런 환경으로 몰아 넣었는가. 국가가 건재해야 국민이 있다. 국가와 국민은 하나이다.

  한편 미국 정부에서도 1900년 초부터 하와이 이주민을 모집하여 농장에서 사탕수수를 재배하였으며, 아르헨티나, 파라과이, 브라질에서는 농촌지역의 인구가 감소하자 노동 인구 부족 현상이 나타난다. 당시의 경제적 빈곤에서 벗어나고자 이주를 택한 조선인들은 낮은 임금과 강도 높은 노동에 시달려야만 했다. 조선인들은 각자의 꿈을 가지고 더 나은 삶을 위해 희망을 품고 떠나왔으나 이글거리는 태양이 비추는 낯선 땅, 이질적인 언어와 문화, 음식, 혹독한 노동으로 인해 악몽으로 변했다.

③ 애니깽의 꿈

  멕시코 이민 1세대 에네캔(Henequen)은 역사적 사실이다.

'에네캔'은 스페인어 발음을 옮긴 것으로 '애니깽'이라는 이름의 유래이다. 애네캔은 높이가 1~2m인 선인장의 일종인 용설란으로 이민자들은 에네캔의 잎을 잘라 다발로 묶어 공장으로 옮기는 일을 하였다. 일본인 이민회사인 대륙 식민 합자회사는 멕시코 농장은 높은 임금을 보장하고 무료 주택을 제공하는 지상낙원이라고 황성신문에 대대적인 광고를 한다. '멕시코는 미국과 이웃한 문명 기후로 따뜻하고 질병이 없다. 한국인도 그곳에 가면 반드시 큰 이득을 볼 것'이라는 노동자 이주 광고를 믿고 무작정 이민선에 몸을 실은 백성들은 곧바로 혹독한 시련에 맞닥뜨린다. 찌는 듯한 무더위와 가혹한 노동 환경이 그것들이다. 황성신문 1905년 7월 29일 자 기사에는 '한국 여인의 처량한 모습은 가축 같아 눈물 없이 볼 수 없는 실정으로 국민이 노예가 되었다.'라는 글이 실렸다.

그것은 대규모 불법 노동 이민이었다. 대한제국 신문에 난 사설에서는 '농장에서 일을 제대로 못 하면 구타당해 살가죽이 벗겨지고 피가 낭자한 농노들의 비참한 모습'이라고 쓰였다. 지상낙원을 꿈꾸던 조선인들은 먼 이국땅에서 문화적 혼란을 겪으며 이곳저곳에 팔려 다녔다. 그야말로 '인간시장'이었다. 허허벌판에서 혹독하게 일하는 막노동자가 될 것이라는 사실을 알았다면 결단코 선택하지 않았을 것이다.

1905년 인천 제물포항에서 1,033명의 한인 노동자가 일포트 호에 탑승한다. 멕시코로 향하는 배 안에서 누군가는 죽고 새 생명은 태어났다. 이들은 다양한 교통편으로 태평양을 가로질러 아카플코 항에 도착하여 기차를 타고 대서양 베라크루즈에 내렸다. 이후 배를 타고 유카탄반도 프로그레소(progreso) 항구에 도착하여 메리다 집단 농장으로 팔려나갔다. 멕시코 이민 1세대는 해외에서 돈을 벌어 잘 살고 싶다는 이유로 고국을 떠나왔으나 선인장 농장의 노동자 신분이다. 농장에서 제공하는 마야 원주민식 집 '파하'는 한국의 초가집보다 초라했으며 흙벽과 야자수잎 천장과 해먹이 전부였다. 처음 마시는 커피는 쓰기만 했으며 주식은 옥수수를 갈아 만든 '또띠아(토르티아)'였다.

이들이 지문이 닳아 없어질 정도로 선인장의 가시를 벗겨 만든 실은 선박의 밧줄로 쓰여졌다. 실 한 가닥은 쉽게 끊어지지만 여러 가닥이 뭉쳐졌을 때에는 질기고 단단한 밧줄이

된 것과 같이 멕시코 노동자들은 타국에서 하나의 강인한 줄로 연결되었다.

이주민 1세대는 근면 성실함을 인정받았고 4년의 계약을 끝마쳤으나 돌아갈 국가가 사라졌다. 조국에 신변 보호를 요청하였으나 당시의 조선은 자국민을 보호할 외교권이 박탈된 상황이었다. 이민 올 때는 조선인 신분이었으나 일본의 통치로 신분증이 백지화되어 귀국할 수가 없었다. 멕시코에서 받은 이민 증서에는 국적이 일본으로 기록되어 있었던 것이다.

그들에게는 다시 조선으로 돌아가는 것이 꿈이 되었다. 조선과 멕시코 양국 간의 외교 관계가 없었기에 멕시코 정착은 쉽지 않았고 이주민은 대우받지 못했다. 당시의 멕시코는 내전으로 혼란했으며, 조선은 일제 식민지를 겪으며 힘을 잃었고 멕시코 이민자들을 구해낼 능력이 없었기에 이들은 스스로 살아남아야 했다. 어떤 이는 이곳에 남겨졌고 어떤 이는 주변 국가로 이주한다.

이민 1세대는 타국 여인과 결혼하는 것을 금지할 정도로 순수성을 지키려고 노력했다. 120년 전에는 외국인과 결혼하고 싶지 않다는 보수적인 의식이 밑바탕에 깔려 있던 시절이다. 혼혈로 피가 섞이는 것을 원하지 않은 1세대는 이중언어를 구사했으나, 마야 여인과 결혼하여 태어난 2세대는 한국어 사용 능력이 현저하게 떨어졌다. 스페인어는 물론이고 문맹자가 많았기에 소외되고 차별받아도 어쩔 수 없이 받아들여야만 했다. 이들이 타국 여성과 결혼하여 혼혈인을 낳았다고 탓할 자격이 우리에게는 없다.

하와이로 집단 이주한 노동자들은 조선에 자신의 젊은 시절의 사진을 보낸다. 가난하고 형제가 많은 데다가 일에 지쳐 지냈지만 조선의 여성들은 공부하고 싶다는 열망이 강했기에 달랑 사진 한 장만을 보고 하와이로 건너왔다. 사람들은 그런 조선 여성들을 '사진 신부'라고 불렀다. 사진 신부는 또 다른 형태의 이민이었던 셈이다. 그러나 막상 남편을 만나니 사진과 다른 모습에 속았으나 계약을 다시 할 수도 없고 돌아갈 여비가 없어 그들은 어쩔 수 없이 농장에 정착한다. 어린 신부들은 낮에는 노동하고 밤에는 울며 아이들을 낳아 길렀다. 여성들은 '한인 학교'를 개설하여 아이들에게 한글을 가르치며 국가의 독립을 위해 돈을 모았다. 작열하는 태양 아래에서 용설란 가시에 찔리고 사탕수수를 베면서 가정을 꾸린 이들은 생활이 안정되어 갔다.

김영하의 『검은 꽃』은 멕시코로 떠난 조선인 이민사이다. 조선인들은 태평양을 건너고 멕시코 메리다에 이르러 정착하는 과정에서 차별과 비인간적인 대우를 받는다. 검은 꽃이란 모든 색이 합해져야 가능하며 문화, 인종, 남녀노소, 신분의 계층을 혼합하여 정체성의 상실을 의미한다.

김동우의 『뭉우리돌의 바다』와 『뭉우리돌의 들녘』을 보면

멕시코를 비롯한 국외의 이민사와 독립운동 이야기가 상세히 기록되어 있다.

④ 가시와 땡볕

용가리 발톱 같은 용설란 가시가 애니깽을 위협하고 동물에게나 휘두르던 농장주의 채찍이 노동을 강요할 때, 애니깽의 선택은 살기 위해 죽기를 각오하고 용설란을 쳐내는 것뿐이었다. 숨이 턱턱 막히고 가만히 서 있기도 힘든 체감 온도 40°의 땡볕에서 말이다.

이민사 박물관에 기록된 이민 1세대 최병덕 선생님은 이렇게 회상했다.

"일하기 시작한 첫날부터 두 손은 가시에 찔리고 긁혀 하루도 피가 나지 않은 날이 없었다. 발가락부터 무릎까지 온통 가시에 찔려 몸이 성할 날이 없었다. 감독은 일이 느리다고 채찍으로 때렸다. 냉혹한 현실 속에서 언어장애와 이질적인 문화로 고통을 당했다."

그들의 발자취를 확인하기 위해 가는 길은 험난했다. 한국에서 폐차 직전의 차가 지구 반대편에서 굴러다니는 것이 마냥 신기했다. 기사는 거칠게 운전했고 사람들이 중간중간 타고 내릴 때마다 역한 휘발유 냄새가 코를 찔렀기에 올라오는

구토를 헛기침으로 잠재워야만 했다. 우리는 멕시코 이민 1세대의 흔적을 따라가는데, 프로그레소 집단 농장을 찾은 방문객들은 단순히 선인장이 섬유로 변화하는 과정을 보고 농장에 쉬러 오는 체험이다.

메리다는 비도 화끈하게 내리더니 어느 사이에 회색빛 하늘에 몰려다니던 구름이 사라지고 뽀얀 하얀 구름이 나타났다. 노동자들에게 비는 단비였고 뜨거운 태양 아래 지친 몸을 위로하는 기적의 생수였을 것이다. 교통수단이 없는 한인 이주민들은 그날 받은 돈으로 농장 주인이 파는 비싼 음식

재료를 사고 나면 수중에 남는 돈이 없었고 오히려 가족의 수가 많으면 빚으로 남았다.

⑤ 메리다 한국 이민사 박물관

매년 5월 4일은 멕시코 메리다 주에서 지정한 '한인의 날'이다. 이민사 박물관은 한인 이민자들을 기억하는 측면에서 중요한 의미가 있다. 박물관은 김민서 관장의 할아버지 이민 1세대가 살던 집을 개조하여 기부금으로 운영되며, 한인 행사 및 한인 후손들의 집합 장소로 쓰이고 있다. 메리다 이민사

박물관을 통해 23년째 이어져오며 진행되는 '메리다 한글학교'에 참석하였다. 이민 3세대부터 5세대가 태극기를 달고 한글이 쓰인 브로셔를 세우고 한복을 입고 모여 한국인임을 기억하는 자리. 사회자가 우리를 소개하자 한국말에 약한 한인 후손들에게 천천히 인사했다.

"여 · 러 · 분 · 만나 · 서……"라고 이야기하자,

"반갑습니다."

이들이 동시에 응답하자 울컥 눈물이 쏟아졌다. 멕시코에서 태어났으나 뿌리는 한국인이라는 사실은 변함없다. 조국의 정이 그리웠던 동포들은 한국인 배낭여행자에게 메리다식 장조림과 샌드위치를 안겨주었다. 백의민족 조상의 나라를 잊지 않으려고 투쟁하는 애니깽이 더위와 싸우며 유카탄식 장조림을 만들고, 고려인은 까레이스키 당근 김치를 만들어 먹으며 조국을 기억했다. 이들에게 장조림과 당근 김치는 한국인의 정체성이고 고향을 반추할 수 있는 장소이며 이주 애환의 상징물이다.

라오스 툭툭이를 닮은 오토바이 툭툭이는 머리 위에 천막이 있어 햇빛과 비를 피할 수 있다. 툭툭이는 멕시코 시골 동네에서 저렴하게 탈 수 있는 이동 수단인데, 우리는 한화 만 원으로 두 시간 투어를 계약했다. 좁은 길목에서 기지개를 켜는 개한 마리가 툭툭이 소리에 화들짝 놀라며 비켜선다. 빗방울이 발등을 적시우니 툭툭이 운전사가 전면에 걸쳐진 비닐 천막을

내리며 싱긋이 웃는데 자세히 보니 가무잡잡 오동통한 미소년이다. 앳된 모습을 벗어나지 못한 헤수스(Jesus)의 나이는 고작 18살. 학교에 다녀야 할 나이가 아닌가. 어깨에 짊어진 헤수스의 삶이 애잔하기만 하다.

⑥ 제물포 거리

제물포(濟物浦)는 배를 타고 나가던 항구로 인천의 옛 이름이다. 멕시코 유카탄반도 메리다 술집에 조선인들이 자주 등장하자 주인이 가게 이름을 '제물포'로 바꾸면서 제물포 거리가 탄생한다. 고된 일과를 마친 한인 노동자들은 술집에서, "제물포, 제물포, 제물포."를 부르며 타향의 설움을 술잔에 담았다. 애니깽은 일의 힘듦에 더하여 이질적인 문화의 차이와 정체성의 혼란으로 괴로워했다. 현재는 전당포로 바뀐 제물포 술집에 오니 '제물포(인천) 거리' 현판 하나 달랑 남았다는 게 못내 아쉬울 따름이다. 멕시코 이민자들의 애잔한 역사를 기억하려 했다면 대한민국 정부에서 메리다 제물포 술집을 사서 보존하면 어땠을까 하는 생각이 들었다. 이름뿐인 제물포 거리에서는 한민족의 애환을 느낄만한 다른 흔적이라곤 전혀 없었다.

오후 5시 반이 되자 공원 한켠에서는 우수에 젖은 구슬픈

종소리가 울리고 난전을 준비하는 부지런한 손길은 의자를 펴고 좌판을 준비하고 있다.

메리다 시티 투어는 여행자들에게 선물이다. 한 시간 안에 도심의 유명한 장소를 둘러볼 수 있어 시간이 절약된다. 스페인어를 알아들을 수 있다면 금상첨화이겠지만 대장에게 들리는 몇 개의 단어만으로도 추측은 가능하다. 해설가의 설명과 함께 음악 소리가 들리자 흥겨웠다. 차고가 높은 이층 버스의 장점은 나무에 핀 꽃도 딸 수 있다는 점이다. 주황색 꽃 한 줌을 따서 머리에 꽂으니 나는 그냥 순진한 멕시코 소녀가 되었다. 어디를 가나 튀는 나는 천진한가, 푼수인가.

메리다 숙소 '파티오 로마다' 숙박을 연장했다. 여동생과 동업하는 페페는 싱글이다. 혼자 식사하면서 적적해하기에 저녁마다 페페를 초대하여 함께 먹었다. 초대라고 하니까 거창한 것 같으나 채소와 과일, 고기를 함께 나누었다는 정도였다.

"페페! 식사는 여럿이 함께 해야지. 혼자서 먹으면 우울증 걸려요."

페페도 사서 먹는 도시락이 재미가 없단다. 첫날은 소량 먹으며 배부르다고 사양하더니, 둘째 셋째 날에는 눈치 보지 않고 맘껏 먹는다. 나 역시도 음식량을 점점 늘려서 준비했다. 타인과 공감을 잘하는 페페는 느긋한 성격에 바쁘지 않고 웃는 목소리가 특이하다. 영화 '아마데우스'에서 들었던 모짜르트의 웃음소리와 비슷하다. 마지막 날 밤에는 옥상에 올라가 그 특유의 모짜르트 웃음을 녹음하며 지냈으니 서로 행복한 시간이 아니었을까.

메리다를 떠나는 날 새벽 해가 퍼지기 전에 산책을 나섰다. 유카탄주에 도착한 첫날에는 무슨 이유인진 모르나 모든 집에 문이 닫혀 있는 가운데 황량한 바람에 쓰레기가 골목을 굴러다니고, 서부 영화의 한 장면처럼 어디선가 무법자 페르난도 산초가 시가를 질겅질겅 입에 물고 권총을 들고 튀어나올 것만 같은 분위기였었다.

그러나 지금 걷고 있는 이 거리는 아기자기한 카페, 옷 가게, 음식점 등이 여행객의 눈길을 끌고 있다. 골목길 모퉁이에서 본 붉은색 페인트로 찍은 듯한 모습의 표지판은 작은 식료품점이거나 주류 판매점임을 나타내고 있다. 이름이 로스 도스 졸다도스인 것으로 보아 옛날부터 군인들이 자주 찾았거나 가게 주인이 군인 출신인 듯한데, 그 상점 이름이나 표지판 안 두 군인의 모습이 흥미롭다.

골목길은 밤길 걱정 없이 치안이 안전하였다. 사람들이 이곳을 왜 미국 은퇴자가 살고 싶은 동네라고 하는지를 나흘이 지나서야 이해했다. 여행자의 시선이란 시시각각 변한다. 어느 관점에서는 산초가 나타날 것만 같은 곳이고, 다른 관점에서는 노후를 보내고 싶은 곳이니 말이다.

⑦ 플라야 델 카르멘

칸쿤이 신혼 여행자들의 천국이라면, 플라야 델 카르멘은 배낭여행자들의 천국이다. 이곳은 칸쿤과 분위기는 비슷하지만, 덜 붐비며 물가가 싸고 저렴한 숙소가 많다. 취사도구가 갖추어진 옆 방이 더 좋아 보여서 가알라에게 숙소를 교체해도 되는지 물었으나 그녀가 고개를 흔든다. 더 비싸냐고 물어도 통화 중이라 그런지 대답하지 않는다. 방안에 들어와서 바다의 잔모래를 씻으며, 옆방 비었는데 우리 숙소보다 더 쾌적하다고 말하니 대장이 그녀에게 향한다.

"세뇨리따! 오늘 화장했어요? 이뻐 보여요."

그 말 한마디에 방을 바로 바꾸어 주었다. 말 한마디가 천냥 빚을 갚는다는 속담이 멕시코에서도 통한다.

대장과의 동행이 좋은 점은, 종종 속 좁은 내가 시비를 걸어도 다툼으로 발전하지 않게 하는 완충제 역할을 한다는 점이다. 성질이 급한 나는 종종 문제를 일으키곤 했다. 그는 길을 묻거나 물건을 살 때 '세뇨라(senora,귀부인), 세뇨리따(senorita,아가씨), 세뇨르(senor,신사)'라는 존칭으로 상대를 부르기에 성공할 확률이 매우 높다.

카리브해의 춤추는 파도는 다양한 국적의 사람들을 플라야 델 카르멘으로 불러들였다. 넘실대는 파도, 비둘기 떼의 유유히 낮은 비행, 열대 과일을 어깨에 메고 다니는 과일 행상, 파라솔 아래 비치가운을 깔고 누운 독일 연인, 마사지 호객행위를 하는 삐끼. 거북이 섬으로 향하는 코슈멜 페리, 누워서 책을 읽는 여인, 해변을 정리하는 청소부…

대장은 15세 프란치스코와 소소한 대화를 나누며 소년을 웃게 만든다. 정오를 지나는 시간. 파도 소리가 높아지고 북소리가 격앙되고 여인의 책 위로 비둘기가 날아간다. 야자수 아래 독일어, 영어, 스페인어 등 방언을 듣다가 스르륵 잠이 들었다.

대보름이자 불타는 금요일 저녁이 되자 해처럼 밝은 달님이 카리브해의 군청색 바다에 달빛 윤슬을 만들어 내고 해변에는 버스킹을 구경하는 인파가 곡조에 맞추어 환호한다.

바다도 흥에 겨운지 넘실거리며 제 몸을 한껏 흔들어 댄다. 눈이 감겨와 잔모래에 살포시 몸을 눕히니 얼굴을 간지럽히는 잔모래가 몸과 하나가 되어 떨어지기를 거부한다. 마른 진흙 같지는 않으나 입자가 매우 미세해서 설탕통에 누운 듯 달콤하다.

해변을 산책하다 해변 버스 터미널을 만났다. 어제 내린 시내 버스 터미널에서 칸쿤행 버스 티켓을 이미 예약했다. 그러나 숙소에서는 해변 터미널이 더 가깝다. 어제 산 티켓으로 이곳에서도 탈 수 있는지 확인하려고 티켓을 찾았다. 어라? 그 어디에도 티켓이 없자 잘 찾아보라고 재촉하던 나에게 화살이 날아왔다.

"내가 무언가 집중할 때는 혼란을 일으키는 말 자제 하면 안 될까? 정신없는 거 안 보여?"

볼멘소리를 듣자, 아니 왜 나에게 신경질 부릴까 하면서 입을 닫았다. 숙소로 돌아와 살펴보니 수첩 맨 앞장과 두 번째 장 사이에 끼어져 있는 것이 아닌가. 사람이 당황하면 평상시 잘 보이던 것도 안 보이기 마련이다. 성질머리 급한 나와 달리 대장은 매사에 침착하게 일을 진행하니 실수를 할 리가 없다. 발에 조그만 상처가 나도 염증으로 번질까 미리 소독하고 처리하는 꼼꼼한 사람이다. 내가 좀 더 참았어야 했는데…

⑧ 하늘을 나는 사람들 '볼라도레스'

플라야 델 카르멘 해변의 푼타도레스 광장에서는 멕시코 전통 볼라도레스(Voladores) 공연이 매일 주야로 열리고 있다. 태양신을 향한 전통 의식을 행하는 '하늘을 나는 사람들'이라는 의미의 이 공연은 멕시코와 중앙아메리카의 여러 부족이 한해의 풍작을 기리며 연출하는 민속 공연으로 풍요의 신인 시페 토텍(Xipe Totec)에게 드리는 영적 세계에 대한 멕시코인들의 존중과 경외심이 담겨 있다. 일종의 기우제이다.

2009 유네스코 인류 무형문화 유산에도 지정된 바 있는 이 공연 절차를 간략히 소개한다.

광장 중앙에는 상공으로 쭉 뻗은 철 기둥 하나가 서 있고 빨강 바지와 흰 상의에 노란색 숄, 의상을 입은 원주민 남자들이 작은 북과 피리 소리에 맞추어 춤을 춘다. 이렇게 땅에서 신에게 춤과 연주를 바친 후에 철 기둥을 오른다. 고대에는 기둥의 높이가 40m였다는 아즈텍 문화의 상징인 '생명의 나무'에 처음에는 네 명이 차례로 기둥 꼭대기까지 올라가 아무런 보호 장치도 없는 사각형 단의 한면에 한 사람씩 앉는다. 이후 마지막 한 명(카포랄)이 올라가 단 안에 있는 큰 접시 정도의 둥그런 단 위에 서서 작은 북이 달린 피리를 꺼내어 연주한다. 심지어 바람도 부는데 서있는 채로 동서남북 방향으로 돌며 인사한다.

그 순간 땅, 공기, 물, 불을 상징하는 네 명의 남자들이 거꾸로 매달린 채 허리에 감았던 줄을 풀면서 연주에 맞추어 땅으로 천천히 내려온다. 이때 열세 번 회전을 하면서 내려오는데 이는 13층의 천상계를 의미하며, 네 사람이 회전한 총 52바퀴의 52는 마야 문명에서 환갑 혹은 1세기에 해당하는 52년을 상징한다. 드디어 땅에 내려앉은 볼라도레스가 인사하며 구경꾼들에게 다가와 쓰고 있던 모자를 뒤집어 가리키며 팁을 요구한다.

햇빛에 그을려 검붉어진 얼굴과 패인 주름살, 땀범벅이 된 모습이 화려한 복장과 대비되어 녹녹치 않은 이들의 일상과 삶의 고단함으로 느껴진다. 여행자와 구경꾼이 주는 팁이 그들 수입의 전부인 듯하다. 전통 계승의 대가치고는 목숨 걸고 하는 위험이 너무 크다.

이 공연을 보게 된다면 꼭 팁을 주자.

⑨ 세노테

세노테는 물구멍을 의미하는 스페인어이다.

정글 유일한 담수 공급원이었기에 마야인들에게는 신성한 곳이었다. 마야문명의 신전에 주기적으로 제사를 지내던 세노테는 석회암동굴이 발달한 곳으로 유카탄주에 약 3,000

개가 있으며, 여기에서 인신공양도 했다고 한다. 지금은 사람들의 휴양시설로 사용하고 있다. 세노테에서 수영하다가 간혹 금은보석과 옥을 발견하기도 한다는데 우리에게는 그런 행운이 따라주지 않았다.

　라오스 방비엥에 블루 라군이 있다면 멕시코 유카탄주에는 세노테가 있다. 둘 다 석회암 물이지만 방비엥이 하늘색 불투명한 물이라면 세노테는 옥색으로 맑고 투명하다. 언제나 다이빙을 즐기는 사람들로 줄을 서는 방비엥의 다이빙 높이는 10m, 세노테는 약 7m이다.

대장은 라오스 방비엥을 여행할 때 블루 라군에서 멋진 자세로 다이빙해서 박수갈채를 받았는데, 이곳에서도 그 도전을 멈추지 않았다. 다만 이제는 겁이 조금 나는지 한 번의 다이빙으로 그치고 대신 맥주 한 캔을 하며 의자에 누워 쉬고 있다. 숲의 주인인 이구아나가 이방인들을 지켜본다. 녀석은 숲을 침범한 이들의 방문에 익숙한지 놀라지도 않는다.

⑩ 칸쿤 구혼 여행

신혼여행지 칸쿤으로 향하는 차 안에서 대장이 나의 안전띠를 매만지니 무언가 보호받는다는 느낌이다. 나는 이런 세심한 손길을 좋아한다.

"내가 지켜야 할 사람은 당신이야. 여행을 끝까지 완주하는 것이 우리의 목표야."

당신을 보호하는 것이 내 임무라는 사람과 떠나온 여행에서 우리는 손을 잡고 돌아다녔다. 해변으로 향하는 R2 버스 안에서 기타를 맨 사람이 흥겹게 노래를 부르자 승객들은 어깨를 들썩이며 박자를 맞춘다. 멕시코 감사 주일은 공식적으로 국가 공휴일로 지정되지 않았으나 현지 한인교회나 선교단체에서 자체적으로 감사의 의미를 나누는 행사이다. 한국의 부활절은 3월 말에서 4월 중 일요일이나, 미국 캐나다 등

영어권 국가들은 5월 첫째 주 월요일을 노동절로 기념한다. 우리가 만난 친구들은 감사 주일이라고 일주일 동안 여행 중이었다.

휴양의 도시 칸쿤은 미국인이 은퇴 후 살고 싶은 도시 1위로 뽑힌 적이 있다. 길을 물어물어 걷다가 해변에 도착하니 탄성이 절로 흘렀다. 물 색깔이 사실 맞아? 눈으로 보고도 믿어지지 않았다. 그래서 사람들이 '칸쿤! 칸쿤!' 그랬구나. 이곳을 안 보았다면 웬 호들갑을 떠냐고 했을 것이다.

경험의 중요성이란 이런 것이다. 내가 체험하지 않고는 말할 수 없는 것이다.

⑪ 카리브해

물어물어 돌고래 해변
동공이 확장되고 목소리가 커지며
탄성이 흘러나오네.

발아래 펼쳐진 에메랄드빛 바다는
푸른 하늘과 겹쳐 경계가 없네.

저 멀리 코발트블루로부터
가까워질수록 채도가 낮은 스카이블루
스카이블루 물빛 바다는 먼바다로 갈수록
코발트블루와 맞닿아 하늘의 구름과 이어지네.

하늘이 물색보다 이쁜데
하늘이 물색의 깊고 짙고 옅은 바다가 부러워
얼굴빛을 감추어 버렸다.

⑫ 노점상

단속반이 떴는지 망고 장수 코코넛 장수 아줌마 아저씨가 수레를 밀고 손가락이 가리키는 방향으로 냅다 뛰어간다. 잡상인 손수레 세 대가 급하게 달아나다가 코코넛 열매 하나 떨어져 데굴데굴 구른다. 해변의 여행자들은 야자수 그늘 천국에서 푸른 하늘을 감상하며 카리브해를 즐길 때 노점상은 몇 푼 벌겠다고 이리저리 뛰느라 분주하다.

해변은 잡상인들에게도 천국인가. 돈이 없으니 노점상, 가진 게 없으니 좌판, 지구촌 어디나 삶은 여전히 고달프구나. 태풍이 불지 않고 날씨가 맑고 손님이 많으면 천국이다. 없는 사람도 함께 누리는 천국이 가능한가. 하루 벌어 하루를 사는 이가 더 천국에 가까이 있는지도 모른다. 쫓는 자 쫓겨 가는 자들을 따라가는 시선. 단속반이 사라지니 노점상이 제자리를 찾아간다.

노점상은 수입을 올렸을까. 거리의 악사는 집으로 갔을까. 창문을 닫아도 들리던 음악도 잠든 해변에 새벽이 찾아오자, 이름 모를 새들이 지저귀고 야옹이도 살포시 지나가고 간혹 순찰차 소리도 들린다. 한낮 햇빛에 노출된 온몸이 열상으로 화끈화끈하다. 멕시코시티 빌딩들 사이에 걸인과 부랑자가 많았다면, 카르멘 해변에서는 손에 과자 한 봉이라도 팔면서 생계를 이어가는 난전상이 많았다. 어촌의 소년은 유년 시절부터 무언가라도 팔아서 살아가는 방법을 배워가고, 도심의 걸인은 도로 복판에 누워 구차한 삶을 이어갔다.

　도심과 시골의 극심한 빈부 차, 누가 더 행복하고 누가 더 불행하다고 말할 수 있을까? 결국 행복도 불행도 모두 마음먹기 나름인 것을.

과테말라

① 과테말라에서 새마을 노래?

과테말라는 마야 문명의 현재형이며 식민지 유산과 원주민의 저항이 공존한다. 중앙아메리카 정치, 경제, 사회 불평등의 축소판으로 볼 수 있다. 과테말라 공항에서 혼자 있던 나는 옆에 있는 사람이 바뀔 때마다 미아가 된 아이처럼 두리번거리고 주위를 살폈다. 얼마 전 뉴스에서 부모님을 공항에 버리고 갔다는 이야기를 들었다. 치매 노인을 해외 공항에 버리면 못 찾아올 거라는 자식의 사고가 이해되지 않는다. 공항 경찰이 수상한 노인을 유심히 관찰하다가 어찌하여 본국으로 돌아갈 수 있었단다. 자식놈은 깜빡할 사이에 부모님을 잃어버렸다고 생쇼를 한 사건이 불현듯 떠올라 씁쓸하네.

아~아~ 테스형! 세상이 왜 이래.

여행자에게 이동이란 발이다. 움직임을 전략적으로 최소화하여 완주할 때까지 몸이 피로하지 않도록 관리가 필요하다. 칸쿤에서 과테말라로 넘어가는데 배낭의 무게가 10kg을 초과하지 않았으나 부피가 애매하다. 짐의 부피를 항공사 프런트 직원이 확인하는 순간 나는 배낭을 밑으로 하고 눈을 최대한 크게 뜨고 상냥한 목소리로 인사하며 보딩 패스를 체크하고 탑승했다. 다음 여행은 배낭을 바꿔야지 비행기 탈 때마다 가슴이 조마조마하니 이거 참 간이 작은 사람은 심장 조려서 살겠나. 과테말라 공항은 영어, 스페인어, 한국어 표기가 되어 있어 한국인 여행자의 출입국이 편리하다는 장점이 있다.

공항에서 안티과로 가는 택시비는 20달러이지만 미리 케찰로 환전하여 바가지를 피했다. 고속도로가 없는 2차선 도로를 달리다 보니 개발되지 않은 한국의 1960~70년대가 연상되었다. 국가의 지도자가 누구냐에 따라 국가의 흥망이 좌우될 수 있다. 6.25전쟁으로 폐허가 된 한국은 박정희 대통령의 도로 건설과 새마을 운동 사업으로 지독한 빈곤에서 벗어나게 되었다. 박정희 대통령이 작사 작곡한 〈새마을 노래〉는 1970년대를 살아오신 분들은 기억할 것이다. 그 당시 식량을 자급자족하면서 보릿고개를 넘겼고 식량난 해결에 라면이 도움이 되었다. 학교에서는 도시락 검사와 위생 검사를 했으며 교실 안에는 '자나 깨나 불조심, 꺼진불도 다시 보자', '멸공 반공 방첩', '나는 공산당이 싫어요.' 이런 표어가

벽에 붙어 있었다. 겨울이면 조개탄을 때는 난로 위에 양은 도시락이 수북이 올려져 있었고 도시락의 위치를 자주 바꾸지 않으면 누군가의 도시락에서는 탄내가 났다.

외국에 나오면 애국자가 된다는 말이 있는데 나도 점점 애국자가 되어가는 것 같다.

② 안티과

중남미 전역의 사람들은 해마다 4월이면 예수님을 기억하며 순례자의 마음으로 안티과 성주간(Semana Santa)으로 시간 여행을 떠나온다. 시민 악대가 이름 모를 곡을 구슬프고도 장엄하게 연주하자 가슴이 아려왔다. 내 옆에 있던 외국인도 가슴에 손을 얹고 슬픈 표정을 짓는다. 어제 오후부터 가톨릭 성직자 복장인 보라색 수단을 걸치고 흰색 두건을 두른 사람들이 눈에 띄더니, 오늘은 안티과 전체가 보라색 물결로 장관을 이룬다. 남녀노소 구분 없이 행사에 참석하는 자세가 경건하고 그들의 신앙심 가득한 모습에 나도 뭉클해졌다. 새벽 한 시까지 연주한다고 하니 잠은 다 잔 것 같다. 우리 숙소가 2층인데 창문을 열고 바라보던 대장은 낮보다 밤이 더 화려하다고 감탄하더니 카메라를 들고 밖으로 나가 안티과 시내 이곳저곳을 스케치한다.

　안티과는 과테말라의 수도였으나 두 번의 화산폭발로 새롭게 정비된 도시이며, 도시에서 풍기는 인상은 베수비오 화산으로 유명한 폼페이를 연상케 했다. 안티과 역시 스페인 식민지 시대 건축물이 잘 보존된 역사적인 도시로 유네스코 세계 문화유산으로 등록되었다. 세계 가톨릭 문화의 중심지 안티과 사람들은 18세기 풍경 속에 살고 있어 과거의 역사와 현재의 매력이 공존하는 모습이 경이롭다. 안티과를 대표하는 건축물 산타카탈리나 수도원은 18세기에 지어졌으나 수도원을 연결하는 아치만 남았다. 아치 밑으로 아구아 화산이 멀리

보인다. 세 개의 화산 중, 푸에고, 아카테낭고 두 개의 활화산은 아직도 화산활동을 하고 있어 여행객들의 발길을 사로잡는다. 화산활동이 진행 중이라 점잖은 얼굴과 화난 두 얼굴을 가진 만큼 자연의 위대함과 생동감이 생생하게 전달된다. 일몰을 바라보며 별빛을 이불 삼아 지구가 속삭이는 신음 소리를 가까이에서 듣는다면 설레이는 마음에 단잠을 설칠 것이다.

안티과 여행에서 빼놓을 수 없는 것이 아카테낭고 화산 1박 2일 트레킹이다. 아카테낭고 화산은 해발 3,976m의 고산지대에 위치한다. 이 화산 바로 옆에 무려 500년 넘게 활동 중인 푸에고 화산(3,763m)의 분화구를 가깝게 보려고 아카테낭고를 트레킹하는 것이다. 첫날은 안티과에서 차량으로 두 시간 정

도 이동 후 극기 훈련 수준의 다섯 시간을 등반하면 아카테낭고 베이스캠프에 도착할 수 있다. 이곳에서 푸에고 화산의 용암이 거세게 분출하는 거대한 불꽃 쇼를 밤새 원 없이 볼 수 있다. 이튿날 기상 후 새벽에 피어오르는 화산 연기를 배경으로 떠오르는 일출과 운해를 감상한 후 복귀한다.(여기에 실은 화산 사진 2장은 까까머리 서경님이 제공)

③ 안단테로 걷기

마야인은 본능적으로 천천히 걷는다. 이들의 뒤를 따르려니 속에서 답답한 마음이나 도로의 폭이 비좁아 앞지르기가 쉽지 않다. 외지 사람들 뭣도 모르고 앞서가거나 뛰어가다가 오래 못 가고 숨을 헐떡이며 지쳐 버린다.

느리게 걷는 이들의 속도 안단테
내 인생의 속도 안단테, 안단테

성목요일이 밝았다.

성주간으로 밤낮없이 행렬하던 순례객들도 잠이 든 새벽녘 십자가 언덕으로 향한다. 불면증을 심하게 겪던 내가 밤에 글쓰기도 못 할 정도로 잘 잤다. 언덕을 오르는데 허리에 달린 물병이 더덜거려 나의 신경을 건드린다. 달랑 물병과 핸드폰인데 그 작은 움직임이 거슬리다니 예수님이 맨발로 십자가 언덕을 오르실 때 어떠하셨을까 생각하니 신앙적 부끄러움에 시끄럽던 속내가 잠잠해졌다.

지레짐작으로 걷다가 막다른 골목을 만났다. 오름에 익숙하지 않아 투정이 나올 무렵 십자가가 나타났다. 안티과 시내가 내려다보이는 언덕에 다양한 나라의 사람들이 서로 사진을 찍어준다. 구름이 아구아 화산 산등성이에 걸쳐 지나가지 못하고 있다. 센바람이 나타나 훅 불어주면 좋으련만 태양이 중천에 올라올 때까지 구름은 스스로 물러나지 않았다. 십자가 언덕의 뭉게구름은 안티과를 떠날 때까지 아구아 화산을 떠나지 않고 왕관처럼 둘러쳐져 있었다.

과테말라 안티과 스타벅스는 세상에서 가장 아름다운 스타벅스로 유명하다. 현지 분위기 느낌이 나는 전통 무늬 벽화와 리조트처럼 꾸며진 정원이 예뻤으나 커피 가격은 한국보다 비싸다. 중정이 있는 스벅은 오래된 건물을 리모델링하여 과테말라 국조 케찰 등의 그림을 걸어놓았다. 거리에서는 아이들이 노점에 앉아있거나 좌대를 어깨에 메고 물건을 판매한다. 부모가 아이들을 길거리로 풀어놓은 모습에 마음이 언짢았으나 그들에게는 먹고 살아야 하는 형편이니, 이해가 될 듯도 하다.

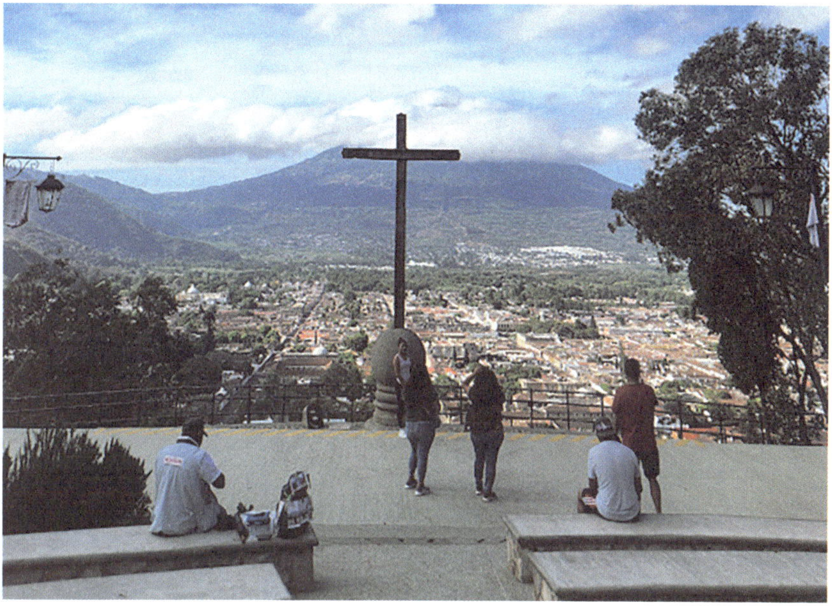

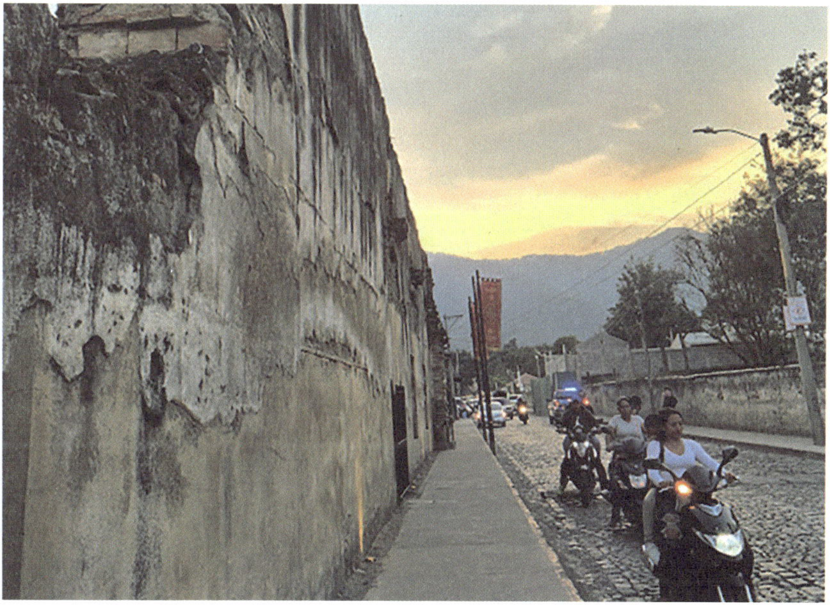

④ 여행은 '흘러가는 대로'

"이렇게 무거운 배낭을 어떻게 메고 다녀?"

기사님이 배낭을 받아 차 위로 올리면서 무게에 놀라 묻는다. 그러게, 왜 그랬는지 후회한다고, 그러나 어찌하겠는가. 이미 시작했으니 이동 코스를 줄이고 쉬엄쉬엄 움직이기로 했다. 기사에게 구글 지도를 가리키며 부탁한다.

"세뇨르, 뽀르빠브르 바하 에스테 뿐또.(여기 내려 주세요.)"

기사가 흔쾌히 파나하첼 버스 터미널에서 한참 떨어진 곳에서 내려주겠단다. 지나가는 길이니까 부탁드린다고 공손하게 말하니까 말이 안 되는 것 같은데 통하고 있다. 대장의 눈치코치 발치를 합한 스페인어 수준이 점점 농익어 간다.

이들 조직은 엉성한 것 같은데 의외로 잘 짜여진 면이 있다. 산으로 둘러싸인 산촌을 넘어 꼬부랑 고갯길을 지나 산꼭대기에 오르고 내리기를 반복하니 그야말로 곡예가 따로 없다. 고개가 제 맘대로 흔들리다가 눈을 뜨니 평야가 펼쳐져 있다. 난 살짝 멀미했으나 마침내 파나하첼에 도착했다.

굴곡진 험한 길을 오르고 내린 결과는, "방이 없단다."

굵고 낮은 저음으로 점잖게 말했다. 아고다에 예약하고 왔으니 다시 한번 더 확인해 봐라.

호스텔 주인이 의자를 꺼내어 손으로 먼지를 쓱 닦더니 본인은 앉아있고 우리는 서 있는 상태에서 대화를 이어간다. 방마다 문 앞에 배낭이 제법 있는 것으로 보아 허름하지만 나름 많이 찾는 숙소 같다. 누구나 깔끔한 단독 원룸을 원하지만, 저렴하고 주방이 있다면 배낭여행자에게는 최상의 숙소가 되기에 예약 여부를 재확인 요청했다. 피곤하기에 해먹에 눕고 싶은 마음이 간절하던 차에 또 대장의 목소리가 커졌다.

"이런 18 새끼들이 있나!"

이 호스텔 주인은 아고다에 저렴하게 방을 내놓은 후 아고다 예약 없이 직접 숙소를 찾는 여행객이 많이 오자 방값을 올려서 손님을 받은 후 뒤늦게 나타난 기존 예약 여행자에게 예약이 안 되었다고 하면서 아고다 핑계를 대며 방값을 떼어먹고 여행객을 돌려보내려고 하고 있다. 그런데 우리가 누군가! 숙소 주인에게 숙소 계약 내용을 복사한 종이를 내밀면서 굵직한 한국어 육두문자를 강하게 날린다.

일전불사 험악한 분위기를 느꼈는지 숙소 주인은 아무런 말도 못 했다. 그는 결국 꼬랑지를 내리고 횡설수설한 후에야 우리가 예약한 금액만큼 돈을 돌려주었다. 목소리를 높이고 싶지 않았으나 나의 의사와 상관없이 험한 말이 나왔다. 영어 못하고 스페인어만 한다던 숙소 주인에게 스페인어에 한국말 육두문자를 적당히 섞어 내뱉으니 한판 붙을 용기가 없는 놈은 주저앉을 수밖에 없다. 여행자가 스페인어를 못하면 그냥 넘어갈 줄 착각한 그는 결국 우리의 무거운 배낭까지 메고 선착장까지 안내해야 했다. 해외에서는 철저히 준비하고 확인하고 복사해도 실수할 수 있겠으나 몰라서 당한다면 정말 억울할 것이다.

선착장에 도착한 우리는 와이파이가 있어야 숙소를 확인하고 구할 수 있기에 선착장 관리 사무소에서 직원에게 와이파이 좀 사용할 수 있겠냐고 물어보니 사용료를 요구한다. 조금 전 호스텔 주인의 행동에 이어 이 모습을 보니 더욱 황당하게 느껴진다. 짧지 않은 세계여행 중 외국인 여행자에게 도움을 주지는 못할망정 와이파이 사용료를 요구하는 곳은 이곳이 처음이다. 체 게바라가 살아 있어서 이 장면을 보았다면 어떻게 생각하였을까? 가만히 있지 않았을 것이다.

돈에 미쳐 여행자의 주머니를 노골적으로 노리는 사람들이 정말 싫다 싫어. 멕시코를 거쳐 과테말라 아티틀란에 왔는데 파나하첼에 실망하여 아티틀란 호수를 가로질러 산페드로로 넘어갔다.

⑤ 산페드로 옥탑방 둥지

산페드로 선착장에서 툭툭이를 타고 비탈길 골목길을 달리는 기사는 숙소를 찾지 못하고 빙빙 돌았다. 털털대는 툭툭이 안에서 배낭을 짊어진 채 허리를 숙이고 앉았던 나는

툭툭이의 불규칙하고 거친 진동을 고스란히 느껴야 했다.

오늘은 어디에 닻을 내릴까.

숙소를 찾다가 길가에 쉬고 있는 마야 원주민 여인에게 방을 구한다고 말하니 3층에 창고 같은 방이 있는데 올라가서 보고 마음에 들면 결정하란다. 초행길 어둠이 찾아오는 상황에서 더 나은 선택의 여지는 없었다. 낡고 허름한 옥상에 침대를 하나 더 올리고 창고에 있는 가스레인지에 가스통을 연결했다. 물을 부어서 쓰는 화장실은 할아버지와 공용이다. 입주 첫날은 원주민 부엌을 공동으로 사용했다. 민박집에는 4대가 모여 산다. 1층은 거실 겸 주방, 2층은 가족들의 침실, 3층은 옥탑이다. 물이 흘러가는 대로 고민 없이 노란색 건물 옥탑에 둥지를 틀었다.

모든 일에는 기다림이 필요하다. 지금 당장 안 될 것 같다고 불평하지 말자. 기다림에는 설렘과 지루함이 공존하니 오로지 감사와 인내로 견디어야 한다. 절대자의 계획을 신뢰해야 한다. 마침내 원주민 집에서 함께 생활해 보는 나의 소원을 이뤘다.

⑥ 카펫 융단 알폼브라

종려주일을 맞이하여 세계 각국의 여행객이 산페드로에도 몰려들었다. 이른 새벽에 산책하다가 알폼브라를 만드는

주민들을 만났다. 알폼브라는 '카펫 융단'이라는 뜻으로 지역 주민들이 자비를 털어 나사렛 예수 행렬이 지나가는 도로에 장식하는 것이다. 색색으로 물들인 톱밥, 꽃, 과일 채소 등 자연 재료로 만들어 예수님께 올리는 정성스러운 헌물이다. 전 세계에서 몰려든 여행객들에게도 동참할 기회를 주어서 우리도 참여했다. 성주간은 수난주간(la Semena de la Pasion)이라고도 하며 십자가의 고난과 죽음을 기억한다.

숙소 옆 체육관은 개척교회이다. 예배를 드리고 나오는데 웬 꼬마가 달려와 내 품에 쏙 안겨 쳐다보니 마리아의 손녀 미하이이다. 처음 민박집에 들어왔을 때 어디선가 가늘고 고운 노랫소리가 들려와 궁금했을 때 그 노래의 주인공 꼬마이다. 숙소를 구하느라 애먹었던 나는 노래에 위로받고 있는데

아이도 사람의 기척을 느꼈는지 노래를 멈추고 방문을 열고 고개를 빼꼼히 내민다. '올라' 손짓하니 동양 사람이 낯설었는지 얼굴이 굳은 채 바라보다 슬그머니 문을 닫았다.

예배를 드리러 가기 전 잠시 마주친 아이는 분홍색 가방을 메고 예쁘게 단장한 모습으로 새침하게 눈길도 안 주었다. 교회에서 어린아이들 순서가 되자 맨 앞줄에서 아이가 춤추고 찬양하며 객석에 앉은 우리를 보며 친근함을 느꼈나 보다. 의자로 돌아온 꼬마가 내 손 위에 두 손을 올린다. 먼 나라에서 예배드릴 수 있음이 감사하여 눈물을 찔끔거렸다.

어린아이들이 많은 과테말라는 미래의 전망이 밝은 편이다. 비록 생활 수준은 낮고 문맹률이 높고 빈부의 차이가 심하나 마야 혈통과 전통 고유의 복장까지 고수하는 그들에게 박수를 보낸다. 과테말라인들은 스스로 마야문명의 중심지라고 생각하기에 중앙아메리카에서 큰 영향력을 행사하고 있다. 이들은 티칼 유적지 주변에서 볼 때 동쪽은 치첸 이트사 서쪽은 아티틀란으로 이동하여 각각의 전통문화를 이어가며 오늘에 이르렀다.

숙소 여주인 마리아는 몸의 움직임이 느리고 과도하게 비대한 것으로 보아 건강에 이상이 있다는 느낌을 받았다. 마리아의 부엌 식탁에는 언제나 30케찰(한화 5,100원)이 놓여 있는데 체격이 작은 마야 원주민 여인이 집안일을 하러 왔다가면 없어지는 것으로 보아 그녀의 품삯인 듯하다. 그녀는 구석구석 집 안을 청소하거나 산더미같이 쌓여 있는 그릇과 세탁물을 묵묵히 처리한다. 오늘도 옥상에 올라와 빨랫줄에 옷을 널면서 우리를 힐끗 쳐다보다가 눈이 마주쳐서 미소로 답했더니 그녀의 검은 얼굴이 붉어졌다.

우리가 조식을 준비하는 동안 할아버지 미구엘이 아침 인사를 건네며 옥상으로 올라와 청소하고 물통에 물을 받아 놓거나 부엌에 비닐봉지를 갖다 놓는 등 투숙객이 불편함이 없는지 살핀다. 주말에 밀걸레로 바닥을 닦고 빨래를 너는 일은 미구엘의 몫인가 보다. 사진 찍는 것을 좋아하는 그는 출근길에 알폼브라 하는 우리 사진을 찍었다며 보여준다. 그에게 맥심 커피를 몇 개 나누어 주었다. 우리보다 다섯 살 어린 그는 처가살이하며 하루에 몇 시간씩 커피를 볶아 포장하는

일을 한다. 그는 커피를 가공하는 일에 자부심이 대단했으며 우리가 원하면 언제든지 커피 농장을 보여주겠다고 한다.

그의 커피 가게에서는 아티틀란 호수가 훤하게 보였다. 대장은 카푸치노를 주문하며 미구엘 몫까지 시킨다. 아티틀란 호수에서도 닭은 시도 때도 없이 노래하는데 배가 고프거나 어쩌면 사람의 손길이 그리운 것인지도 모르겠다.

⑦ 호수의 교통수단 란차

미구엘이 추천한 라스 크리스탈리나스를 가기 위해서는 란차를 타야 한다. 란차는 아티틀란 호수에 사는 사람들의 교통수단인 소형 배이다. 마리아와 미구엘의 의견이 엇갈리는데 평일에 란차를 운행하지 않는 섬이지만 주말에는 운행한단다. 그가 이곳을 추천한 이유는 현지인들이 가족 단위로 즐겨찾으며 맑은 물에서 호수 욕을 즐기며 아티틀란 호수 전체를 조망할 수 있기 때문이다.

라스 크리스탈리나스로 가는 길에 독일 청년을 만났다. 지난 겨울 한국을 방문했다는 이들은 오직 과테말라 한 곳을 보기 위해 왔다고 한다. 이들은 젊음과 패기가 넘쳤으나 가까이 보니 얼굴에 솜털이 뽀송뽀송한 어린 친구들이다.

해변 언덕 그늘에 앉았는데 오동통한 마야 여인이 흥에

겨운지 엉덩이를 흔들기에 함께 춤추자고 손짓하니 올라왔다. 해변에 있던 원주민들은 음악과 상관없이 어설프게 몸을 흔드는 나와 그녀를 보며 소리 높여 환호한다. 삼 남매와 함께 온 어머니가 낯선 동양인과 춤추니 자녀들은 웃겨 죽겠다는 표정으로 사진을 찍는다. 이들과 인스타그램 주소를 교환하고 헤어지는데 그녀가 '안전하게 여행하라'는 말과 함께 깊게 포옹한다.

⑧ 아티틀란 호수에서

혁명가 체 게바라는 혁명을 포기하고 아티틀란 호수에 정착하고 싶을 정도로 호수가 아름답다고 말했다. 그의 혁명을 멈추고 싶은 마음이 들게 한 것이 아티틀란 호수의 아름다움이기도 하겠지만, 순박하게 살고 있는 마야인들의 평화로운 모습이 아니었을까 싶다. 호수 주변에는 예수님의 열두 제자 이름을 딴 12개의 마을이 있다. 마야인들은 물을 찾아 이동하다가 아티틀란이라는 큰 호수를 발견하여 정착지로 삼았다. 이렇게 큰 호수를 옆에 두고 지금도 물을 귀하게 여기고 있다. 건기에는 호수 물을 끌어서 사용하고 우기에는 빗물과 호수의 물을 병행하여 아껴 쓰는 모습이 인상적이다.

아티틀란 호수에서 사람들은 수영을 하거나 카약을 타고

우리처럼 호수 주변을 따라 걸으며 즐거운 주말을 보낸다. 날이 좋아서 저 앞에 있는 큰 산이 보인다면 좋겠지만 그렇지 못해도 충분히 행복한 시간이다. 한국의 마을이 '배산임수' 구도로 산 밑에 있는 것에 비해 이들은 산꼭대기나 능선에 집을 짓고 산다. 고지 아래에 있으면 물 공급이나 생활하기가 편리한데 왜 그랬을까 의문이 든다.

그렇다. 이들은 쫓겨온 민족이다. 이들은 항상 외부로부터의 공격에 대한 대비가 우선이었다. 당장 생활의 불편보다는 적의 침략에 대한 대비를 최우선으로 삼았던 것이다.

⑨ 골목길 나초

숙소로 들어오는 골목길에 마을 주민 네댓 명이 나초에 라임을 첨가한 아보카도 토마토 양파 샐러드를 올려서 먹고 있다. 가던 길을 멈추고 "너희들 먹는 거 맛있어 보이는데?"라고 말하니 나초 하나를 싸서 먹으라고 권한다. 옳다구나! 하고 그들 옆에 덜컥 주저앉았다. 그들이 건네준 나초는 거의 어른 손바닥만 한 크기의 옥수수 과자이다. 과자 위에 라임을 첨가한 토마토, 양파 샐러드를 토핑하니 씹을수록 옥수수의 고소한 맛과 야채의 신선함이 입안 가득 번진다. 나초 하나를 다 먹고 난 후 뭔가 부족한 우리들의 표정을 본 그들은 주저하지 않고 또 하나를 더 주며 어디서 왔는지 이름이 뭐냐고 궁금한 것을 묻는다. 우리가 갖고 있는 것은 맥주 두 캔, 그중에 한 캔을 좌장 격인 피터에게 주었더니 좁은 골목이 떠나가도록 건배를 외치며 좋아한다.

그들은 우리에게 누구냐고 묻지 않고 먹을 것을 먼저 나누었다. 의미 없는 경계보다는 따뜻한 포용으로 우리를 맞아 주었다. 빵(pan)을 함께(com) 나눈 사이가 친구(Company)라고 하는데 우리는 친구가 되었다. 서로의 이름과 나이 국적을 불문하고 한동안 각자의 음식을 나누며 이야기를 나누었다. 산다는 것은 서로 가진 것을 나누는 것이다. 골목길 사람과 현지인 음식으로 다시 한번 더 과테말라를 느꼈다.

⑩ 과테말라의 K-팝

산페드로에서 옆 마을 산후안으로 가는 길은 산등성이를 넘어 왕복 5km이지만 높은 해발로 인해 걷기에는 다소 힘든 구간이다. 란차로 갈 수 있으나 한낮의 더위를 피해 신선한 아침 공기를 마시며 뚜벅이로 걸었다. 알록달록한 장터의 풍경과 원주민이 북적이는데 시커멓고 덩치 큰 아이들이 사진을 찍자고 청한다. 젊은 친구들은 최신 가장 핫하다는 K-팝 로제와 브루노 마스가 협업한 "아파트, 아파트"를 노래하며 몸동작을 취한다. 우리가 흥에 겨워 싸이의 '강남스타일' 말춤을 추자 그들도 박자를 맞추며 함께 추었다. K-팝 문화와 드라마를 좋아하는 과테말라 청년들이다. 시장 한복판에서 춤이라니! 어느 사이에 나는 가는 곳마다 화제를 몰고 다니는 '홍 여사'가 되었다. 친구들에게 헤어질 때 하는 인사라며 한국말 "안녕"을 가르쳐 주었더니 마주칠 때마다 "안녕, 안녕"을 연발한다. 경사가 가파른 계단을 올라 전망대 (Mirador Kaqasiiwaan) 언덕에서 바라본 아티틀란 호수의 풍광은 안개와 구름으로 일부 전망이 가리어 아쉬웠으나 탁 트인 시야와 전망대 바닥의 특색 있는 그림은 올라온 보람을 느끼게 했다.

망고 하나 가격은 3.5케찰이다.

5케찰을 내면서 망고 하나와 나머지는 감자로 달라고 했는데 소통이 안 되었는지 점원은 감자 1kg 가격이 얼마라고 동문서답한다. 성질이 급한 나는 망고와 감자 두 개를 주워 담았더니 점원이 고개를 갸웃한다. 나머지 돈에 대하여 감자 몇 개를 줄 것인가는 그의 몫인데 내가 침범한 것이다. 그는 나머지 금액에 맞추어 감자를 담으려 했고 나는 예쁜 감자를 골라서 담으려다 오해가 생겨 서로 머쓱해졌다. 어딜 가나 성질 급한 놈은 손해이다. 대장처럼 공손하게 세뇨리타라고 부르며 조근조근 말해야 하는데 나는 생각이 들어오는 순간 행동이 앞서나가는 게 탈이다.

다음날 아이스크림을 사면서 돈 계산이 복잡하여 잔돈을 손바닥에 펼쳐 보여주니 점원은 내 손바닥 위에 있는 동전 몇 개를 집고 아이스크림을 준다.

"정 여사님. 물건을 살 때 '꽌또 꿰스따' 하고 당당히 가격을 물어보고, 숫자를 모르겠으면 적어서 보여달라고 하고 돈을 내야지, 동전을 보여주며 네가 필요한 물건값을 가져가라고 하는 것은 주도권이 나에게 있는 것이 아니야."

"내가 지폐 가져간다고 했을 때 동전을 준 사람이 누구인데?"

망고와 감자 사건 이후 한마디 하려고 단단히 벼르고 있었나 보다. 뭐~ 할 말이 없으니 입을 닫아야지. 원주민들을 기본적으로 존중하되 이들에게 무시당하지 않도록 하라는

뜻으로 이해했다.

산페드로 거리 곳곳에 한 여인의 얼굴 벽화가 있다. 25센트 동전의 주인공 여인은 과테말라 아티틀란 호수 태생이다. 여인의 나이 17세 때 마야인 미인대회에서 동전 모델로 뽑혀 전 세계적으로 유명해진 그녀는 현재 80대 초반이다. 그녀를 만나기 위해 그녀가 살고 있는 아티틀란 호수 산티아고 마을로 현재도 여행자들이 찾아온다고 한다.

⑪ 아티틀란 룰루

인생은 속도가 아니라 방향이라고 한다.

제대로 된 방향을 찾아서 더디지만 정확하게 가기 위해서이다. 여행을 왜 할까. 궁극적으로는 행복해지기 위해 정지하는 순간이다.

"한국인이세요?"

"어떻게 알아요?"

"한국인은 얼굴형과 모습이 달라요."

삼 개월 만에 한국인을 처음 만났다는 룰루는 간호학을 전공하여 취업했다가 퇴사하고 여행 중 산페드로에서 스페인어를 배우고 있다. 다음 날 아침마다 열리는 장터에서 또 그녀를 만나 함께 장을 보고 양배추 피클을 만들어 먹으며 소박한 하루를 보냈다. 룰루가 안내하는 산페드로 정상으로 가는 언덕은 경사가 가파르지만 오를수록 호수의 풍광이 한 눈에 들어왔다. 숨이 턱 밑까지 차올라 힘든 우리는 그늘에 앉아 높은 심장박동을 낮췄다. 툭툭이가 지나가다 탈 것인지 물었지만 우리는 동시에 고개를 살래살래 흔들며 웃었다. 여기까지 힘들게 올라온 것이 얼만데? 언덕을 오르는 길가에서는 커피나무 숲이 보였고 아마도 미구엘의 커피 농장이 아닐까? 라는 생각이 들었다.

산페드로 뒷산 전망대에서는 마을 전체를 조망할 수 있는 곳에 허접한 난간을 설치해 놓고 입장료를 받고 있었다. 여행객들의 돈주머니를 노리는 상인들의 같잖은 상술에 저절로 눈살이 찌푸려진다. 비위가 상한 나에게 룰루는 조그만 점방에 들어가 쉬기를 권한다. 여주인의 서너 살 딸내미들이

새끼 고양이와 놀고 있다. 물을 사서 마시는 우리에게 아이들이 다가와 젤리를 나누어 주기에 너희들 먹으라고 하니 멀리서 엷은 미소를 띤 여주인이 봉지를 흔들며 우리에게 먹으라고 한다. 지나는 객에게 작은 호의를 베푸는 점방 여주인의 친절이 나의 상한 마음을 사르르 녹게 하였다.

숙소에 도착하자 국지성 소나기가 지나가고 아침 점심을 소고기 스튜로 든든히 먹은 우리는 가볍게 아보카드, 치즈, 삶은 달걀과 감자, 맥주로 마무리한다. 여행은 만남의 연속이다. 막내딸 같은 룰루와 세 끼를 나누었으니 우리는 일일 가족이 되었다. 그녀는 상대의 말을 잘 경청하는 겸손하고 수줍음 많은 청춘으로 여행을 통해 진정한 자신을 찾아가는 중이다. 그녀의 선택을 존중하며 기회가 되면 또 마주칠 것이다. 길 위의 길에서……

⑫ 식구

'가족'의 뜻을 풀어 보면, '식(食)'은 음식, '구(口)'는 입, 즉 '함께 먹는 입'이라는 의미가 있는데 첫날 우리와 12시간을 함께 보내고 세 끼를 같이 먹었더니 하루가 끝날 때쯤에 룰루와 우리는 진짜 가족이 된 기분이 들었다. 마을을 돌아다니다가 룰루 친구들이 우리에게 부모님이냐고 묻기에 우리

셋은 웃음이 터졌고 아무리 봐도 가족처럼 보여서 부정하지도 않았다. 룰루 친구들이 자기들도 입양해 달라고 해서 한번 더 빵 터졌다.

룰루에게서 문자가 왔다.

"어제 말씀드리려다 늦어서 예약 문자 남겨드려요. 매주 수요일 열리는 풀 파티가 있어서 알려드리고 싶어요."

호수 주변 호스텔에서 매주 풀 파티가 열리는데 자기가 한번 참석해 보니 파티 분위기가 매우 뜨겁다고 한다. 젊은 친구들에게 민폐다 싶어서 참석할지 말지 고민했는데 참석하길 잘했다. 그리스의 산토리니가 생각나는 하루였다. 우리는 아바의 '댄싱 퀸'과 강 허달님의 '꼭 안아주세요'를 들으며 헤어졌다. 상식이 풍부한 그녀는 애교가 넘쳐 우리에게 웃음을 주었다. 그녀가 스페인어를 배우는 것은 더 넓은 세상을 경험하고 싶어서였는데, 자신을 찾으러 떠나왔다가 아티틀란 호수의 품에 머물게 되었다고 한다.

"아티틀란 호수가 널 붙잡고 있네."

아티틀란 호수는 어느새 그녀의 집이 되었다. 무려 8개월이나 머물렀으니 말이다. 그녀는 이곳에서 더 생기 있고 더 다정하고 더 평화로운 자신을 발견했다. 또한 자신에게 조금 더 친절해졌고 자신이 진짜로 원하는 게 무엇인지 더 단단히 느끼게 되었다고 한다.

아티틀란 호수는 마법 같은 곳이다.

하지만 그 마법을 발견하는 건 결국 각자의 몫이다.

아침을 먹던 우리는 어제와 달리 말이 없다.

셋에서 하나가 빠져 둘이 되었을 뿐인데 식탁에서 대화가 급격히 줄었다. 다섯 끼를 함께 나눈 그녀가 떠나 식탁 빈자리가 크게 느껴진다. 게다가 밤새 누군가를 찾아 헤매는 꿈으로 선잠을 자고 꿈자리가 뒤숭숭해서 다른 마을로 마실 나가려던 발걸음을 멈췄다.

어제 담근 양배추 피클을 다 먹어서 골목길 장터로 나갔다. 계산할 때 채소 한 바구니 값이 53케찰이라고 손가락을 펴기에 애교를 떨며 손가락 다섯을 펼치고 눈을 깜빡이며 오십에 달라고 하니 누런 치아를 드러내며 고개를 끄덕인다. 마야인의 순박함이 고스란히 전해져 온다. 고춧가루로 붉은 옷을 입은 양배추와 오이는 스스로 색감이 맘에 들었는지 양배추와 오이가 나를 보고 마야인의 웃음을 빙그레 짓는다.

소고기를 사러 갔더니 말 안 해도 깍두기로 썰어준다.

서로의 방식을 알고 있다. 고기를 다듬는 원주민의 손을 유심히 보다가 기름을 제거해 달라고 부탁하자 너의 방식을 이해한다는 표정이다. 그녀가 첫날에는 고기를 덤으로 주었다. 둘째 날에는 더 작게 썰어달라고 했더니 퉁명스러운 반응을 보이길래 잔돈을 거슬러 받지 않고 팁으로 주었다. 그랬더니 오늘은 알아서 잘 썰어준다. 고깃집 딸내미는 항상 자리를 지키고 서 있다. 친구들은 학교에 다닐 텐데, 아직 소녀를 학교에 보낼 이유가 없다고 생각한 것인지 아니면 아직 나이가 안 된 것인지도 모르겠다. 시뻘건 육고기를 썰고 있는 엄마와 이것을 지켜보는 어린 딸의 모습은 마음 약한 여행자의 지갑을 절로 열리게 한다.

정육점의 그녀는 내일도 열린 지갑의 우리를 기다릴 것이다.

⑬ Are You Happy?

아티틀란 호수 해변을 산책하다가 만난 한 노인은 캐나다

밴쿠버가 집이다. 그가 어떤 삶을 살았는지 알 수 없으나 행색은 이곳 사람이 다 되어있다. 벤쿠버는 커피 한 잔에 10달러인데 이곳은 3달러라서 한 잔 마시고 병에 담아와서 마실 수 있으니 좋은 곳이란다. 그는 개 세 마리와 한 달째 이곳에 거주 중이며 너무 아름다운 호수라고 극찬한다. 그와 함께 나이 들어가는 열한 살 된 개의 이름은 호프, 브라우니, 브라키이다. 풀밭에 몸을 문지르며 넓은 공간을 마음껏 뛰어다니는 개의 등을 쓰다듬으며 반복적으로 질문한다.

"아 유 해피? 해피? 해피?" 이어 개가 땅을 파헤치니까.

"호프! 땅을 파려면 금을 찾아라! 맛있는 것을 사 먹자!"

라고 말하자 우리 모두는 함께 웃었다. 사람을 끌어당기는 힘이 있는 아티틀란 호수는 캐나다인, 마야인, 체 게바라, 룰루, 그리고 세 마리의 개 모두에게 아늑한 둥지가 되어 주었다. 그가 앉았던 의자로 옮겨 등을 기대니 밴쿠버의 따스한 온기가 남아있다.

캐나다인처럼 나는 지금 행복한가? 자문해 본다.

모든 게 보잘것없고 볼품없어도 나는 지금 행복하다.

해변과 호수는 전 세계인에게 공통으로 좋고, 밤 풍경은 낭만적이다. 산페드로 야간 산책을 하며 만약의 경우를 대비하여 운동화를 신고 호신용 스프레이를 목에 걸었다. 손발톱은 어찌 이리도 잘 자라는지 시간을 먹고 크는가 보다. 고양이가 양철 지붕 위를 우당탕 쿠당탕 날아다니고 이틀간 천둥 번개를 동반한 빗소리가 요동을 친다. 개척교회로 사용하던 체육관에서는 흥에 넘치는 청년들이 밤새 밴드에 맞추어 끼를 발산하며 열창한다. 오늘 밤 잠 다 갔다.

못 잔들 어떠하리.

⑭ 여행은 살아 보는 것

멕시코 칸쿤이 구혼 여행지라면 과테말라 산페드로 옥탑방은 구혼 살림집이다. 세간살이라고는 프라이팬, 냄비, 국,

밥그릇, 접시로 단출하나 부족함이 없었다. 산페드로를 떠나야 하는 새벽녘 닭 울음소리에 눈을 떴다. 여행 중 일주일 이상을 머무는 장소는 많지 않다.

마리아가 자신의 일상과 비슷해서 고마웠다고 한다. 이른 아침 미구엘은 우리를 배웅했다.

마야인은 키가 작고 땅딸하다. 날카롭지 않고 둥글둥글한 산등성이 능선은 마야인의 얼굴을 닮았다. 작은 체구에도 자신의 삶에 만족하며 소중히 살아가는 이들에게 박수를 보낸다. 전통 복장을 중시하고 산촌마을의 열악한 환경에서도 눈이 마주치면 먼저 웃고 손을 들어 인사한다. 유럽 친구들은 늘씬하고 가진 것은 많을지 몰라도 표정만큼은 마야 원주민을 따라갈 수 없다. 일주일 넘게 현지인 집에서 그들과 함께

부대끼며 살아보니 마을 사람들과도 친해졌다. 이들과 어떻게 헤어질지 걱정이 앞서나갔다.

산페드로에서 다시 안티과로 돌아가는 길은 호수를 가로지르지 않고 마을 뒤 산길을 이용하였다. 버스는 진부령 못지않은 구불구불한 산등성이를 힘겹게 달려 나간다. 가는 도로 한복판에 덩치 큰 개 한 마리가 차에 치여 비명횡사했고 어떤 원주민은 양손에 꼬마들의 손을 잡고 가방도 어깨에 걸쳤는데 느릿한 걸음으로 도로를 가로지른다. 차는 쌩쌩 달리는데 자세히 보니 신호등이 없다. 지난번 머문 숙소에 다시 가서 아고다 가격을 현금으로 제시했더니 수수료를 뺀 가격에 잘 수 있었다. 여행이 길어지면서 숙박 협상의 기술이 생겼다.

과테말라 여행을 마치고 에콰도르로 이동하는 날이다. 호스텔 문을 여니 모닝 한 대가 서 있다. 새벽에 이동하는 사람이 두 명이라 작은 차가 나온 것이다. 호스텔 종업원은 새벽에 체크아웃하는 우리 때문에 잠을 설쳤다. 조식을 못 먹는 우리는 전날 도시락을 부탁하였는데 건네주는 그의 표정이 심드렁하다. 주인의식이 아닌 종업원의식으로 일하니 즐겁지 않은 것이다.

차에서 삶은 감자를 꺼내려고 가방을 열었더니 김치 냄새가 훅 풍겨와 창문을 열어서 환기시켰다. 코리안 아줌마의 김치는 남미에서 다시 도전하리라. 새벽의 도로는 의외로 차량이 많았고 공항입구에 차를 대는 것은 어려웠다. 차에서 내리면서 새벽부터 우리를 위해 수고한 운전기사를 위해 도시락 하나를 조수석에 놓고 내렸다.

그도 누군가의 아버지요, 가장이다.

잉가 문명

에콰도르, 페루, 볼리비아, 칠레

(2)

Inca Civilization

에콰도르

① 지진

에콰도르는 적도를 가로지르는 안데스 국가로, 풍부한 생물다양성과 자원 의존 경제가 공존하는 남미의 생태, 자원 국가이다.

비행기 안 화장실에서 손을 씻고 거울을 본다. 이번 여행은 무게와의 싸움이라 무게를 줄인다고 선크림과 립스틱만 챙겨왔다. 얼굴에 허옇게 치장하고 분칠하는 것이 시간 낭비라 생얼로 다니니 부담 없긴 하다. 그런데 나 여자 맞나?

타인에게 보이기 위한 여행이 아닌 보고 느끼기 위한 여행이다. 손을 펼쳐보니 긴팔을 입었음에도 손등이 까매졌다. 어제 만든 누룽지와 인삼 말랭이를 천천히 씹었더니 누룽지의 고소함과 인삼의 쌉쌀함이 입안 가득해졌다. 배낭을 분실할 것을 우려하여 트래블 월넷 카드와 달러를 분산하여 서로 나누어 가졌는데 건망증이 심한 내가 잘 챙길 수 있으려나.

콜롬비아와 페루 사이에 있는 에콰도르의 수도 키토는 백두산보다 더 높은 해발 2,800m이다. 키토는 길을 경계로 신시가지와 구시가지로 나뉘는데 생활 수준이 크게 차이 나고 그 모습도 천태만상이다. 달러와 자국의 화폐를 병행하여 사용하는 에콰도르 경제 상황은 최악이다. 평균수명 77세로 과테말라보다는 5살 높으며 국가 차원에서 무료로 의료서비스를 제공한다. 열대우림과 고산지대, 연안 지역이 공존하는 아름다운 자연환경과 다양한 기후로 인한 과일, 채소, 해산물로 구성된 식단이 수명에 영향을 미친다고 한다.

사람들이 패딩과 긴바지 차림이라서 반바지를 입은 우리는 잠바를 꺼내 입었다. 긴 여행은 시간이 늦춰지거나 당겨지는데 에콰도르는 한 시간 당겨져 시간 여행자가 되었다. 영화처럼 과거 현재 미래를 오가는 여행자가 아닌 한 두 시간의 이동자이다. 새벽 3시에 눈을 떠 오후 5시에 도착하였으니 하루 종일 이동이다. 해발이 높아서 온도가 급격하게 내려가고 비가 내리기 시작한다.

택시를 타고 가는데 기사님이 지금 달리는 도로가 한국 기아에서 만들었다고 엄지를 치켜세운다. 한국의 도로 기술은 남미 기사님을 감동케 하였고 과테말라에 비하면 에콰도르가 도로사정은 더 나은 듯 하다. 곳곳에 밤을 밝히는 불이 켜지고 그림 카드처럼 알록달록한 풍경이 아름다웠으나 우리가 머무는 구시가지는 범죄집단 영화에 나오는 뒷골목처럼 으스스한 기운이 감돌았다. 기사님은 숙소 초인종을 누르고 호스트가 나오는 동안 우리를 차 안에 머물게 했다. 호스트가 나오니까 기사는 배낭을 호스트에게 인계하고 우리를 내려주면서 저녁에 절대로 돌아다니지 말라고 경고한다.

2025년 4월 25일 에콰도르 북서부에서 6.3도의 지진이 발생하여 체육관 일부가 무너지고 주택 100여 채가 파손되었으며 20명의 부상자가 발생하였다. 키토도 지진을 감지했다. 키토의 구시가지는 문화유적이 많은 곳인데 무법지역이기도 하다. 지진이 났다는 기사와 도시 분위기에 단 하루도 있고 싶지 않아 눈을 뜨자마자 터미널로 이동하여 남쪽으로 남쪽으로 내려갔다.

② 적도를 넘어

당신은 두 발로 걸어서 적도를 넘어본 적이 있는가?

적도의 구름이 피어오르고 있는 새벽 이동은 잘한 일이다. 표를 끊고 오더니 한 시간 반 남았단다. 무슨 소리인가 했더니 대장의 시간은 어제 과테말라의 시간에 머물러 있는 것이다. 에콰도르는 한 시간 빠르다. 터미널 의자에 앉아 딸기잼 빵과 우유 달걀로 해결하고 버스에 오르려고 가방을 바닥에 놓고 사진을 찍고 있는데 경찰이 다가오더니 가방을 절대로

바닥에 놓으면 안 된다고 말한다. 버스 기사는 가방을 머리 위에 두거나 바닥에 놓지 말고 가슴에 안고 있으라고 재차 당부한다. 버스 바닥에 내려놓으면 앞뒤에서 갈고리로 밀어 당겨 가져간다는 것이다. 현지인들도 자세히 보니 모두 소지 품을 가슴에 안고 있다. 나쁜 놈이 있으면 좋은 사람도 있는 것이다.

창밖이 예술이다. 새벽에 이동을 시작하여 얼마 지나지 않 아 강력한 상승기류와 수증기가 응결되어 수직으로 발달 된 적란운(積亂雲)이 멋지게 피어오르는 적도를 통과한다.

버스로 이동하는 방법이 생각보다 어렵지 않고 편안했다. 중간에 나타나는 오지마을 사람들의 인상을 살피고 그들의

전통 복장을 구경하는 잔재미가 있다. 안데스산맥에서 마주
하는 소수 잉카인은 첫인상이 거칠고 투박하다. 작은 키에
굵은 허리 까무잡잡한 피부, 이글이글 타는 듯한 눈빛은 이
방인인 나에게는 도전적으로 느껴졌다.

　버스에 잡상인이 올라와 과자를 주길래 받았는데 "먹지
마!"라고 대장이 빠르게 속삭인다. 먹을 뻔했다. 위생적이지
않은 것 안다. 손바닥에 놓고 이리저리 살펴보다가 휴지통에
넣는 순간 옆 칸에 앉은 현지인과 눈이 마주쳐 미안했다. 그
러나 자칫 배탈이라도 나면 여행이 불안해진다. 낯선 곳에서
는 남이 주는 것은 안 먹는 것이 여행에서의 규칙이다. 산페
드로에서 자신 있게 썼던 빨간 모자는 가방 깊숙하게 넣고

이들의 눈에 띄지 않게 베이지 바지와 청자색 잠바를 걸쳤다. 이들이 가방을 가슴에 안은 것처럼 우리도 경계심을 풀지 않았으나, 차창 밖의 풍광을 감상하는 것만으로도 충분한 보상이 될 만큼 눈이 즐거웠다.

카메라가 표적이 된다고 하여 똑딱이 카메라로 바꾸었더니 화질이 좋지 않다. 카메라 무게를 감당하기도 힘들고 안전상 길거리에서 카메라를 메고 다니지 않는다. 현지인들은 한국인을 부자로 본인들은 빈자로 여기고 빈자가 부자의 재물을 취하는 것을 당연하게 생각하여 유독 여행자의 주머니와 귀중품을 노리는 자들이 많다. 여행을 시작할 때 20kg 배낭이 16kg 내외로 줄었으나 아직도 배낭을 들어 올리려면 휘청거렸다. 육 학년인데 청춘이라고 외치는 우리는 앞으로 10년 배낭여행이 가능할까?

③ 안데스산맥

차가 급정거하는 바람에 눈을 뜨니 우리 버스가 비틀거리며 차선을 넘어 언덕을 내려간다. 교통사고가 일어난 것이다. 무단횡단하는 보라색 옷 입은 사람을 우리 버스가 놀라 피하면서 앞의 승용차 옆면을 박아버린 것이다. 승용차 왼쪽이 찌그러졌으나 다행히 인사 사고는 아니다. 차들이 앞뒤로

엉켜버렸다. 차장이 빛의 속도로 총알처럼 뛰어 내려가 도망친 놈의 멱살을 잡고 끌고 왔다. 보라색 옷 입은 남자가 잡혀오자 버스 안의 사람들이 모두 일어나 웅성거렸고 어떤 이는 손뼉을 쳤다. 뒷자리에 앉아 떠들던 계집아이들은 소프라노 목소리를 높이며 호들갑을 떨고 몇 명은 버스에서 내렸다. 오늘 목적지에 갈 수 있을까? 뒤 차를 타야 하는 것 아닌가? 여러 생각이 머리를 스친다.

팔에 문신하고 귀걸이를 한 차장이 보라색의 멱살을 잡고 주먹으로 가격하자 보라색은 코를 맞았는지 얼굴을 감싸고 그 주변으로 사람들이 웅성거리며 몰려들었다. 윗도리를 벗어 런닝셔츠 차림인 차장은 덩치가 좋아서 보라색쯤이야 한 손으로 팽개칠 기세로 덤벼들었다. 운전기사와 차장이 단단히 열받은 이유는 버스가 올해 뽑은 새 차이고 승용차 배상

문제가 얽혀 있기 때문인 것 같다. 기사와 차장이 보라색의 가방을 뒤지고 상체를 툭툭 치면서 이 모든 원인이 보라색으로 인해 일어났다고 말한다. 구경꾼들은 교통사고 구경에 신이 났다. 싸움 구경, 불구경만큼 재미있는 구경도 없다. 싸움 구경에 살아있음을 느낀다면 인간의 본성은 악한 게 맞나? 짐가방을 지키고 있던 나는 차에 시동이 꺼지고 찜통이 되자 상의와 바지를 벗었다. 경찰이 오기를 기다렸으나 구급차가 먼저 도착했다. 보라색은 삼십 후반쯤 되었을까? 그는 오늘을 억세게 운수 나쁜 날로 기억할 것이다.

배불뚝이 경찰이 도착하고서야 사람들은 구경을 멈추고 버스에 오르기 시작한다. 계집아이들은 신기한 구경거리에 대한 흥분이 가시지 않은 표정이다. 호떡집에 불 난 것은 유도 아니다. 한바탕 소동이 끝나고 난 후 나는 양말마저 벗어 버렸다.

이들에게 외국인인 나 역시도 구경거리이다. 내 옆자리 꼬마 아이가 연신 흘끔거리며 나를 바라본다. 낯설다는 것이리라. 내가 꼬마에게 "올라"하며 손을 흔드니 민박집 소녀처럼 계면쩍어한다. 이방인인 나를 유심히 지켜보던 이들이 놀라지 않았냐고 묻기에 어깨를 움츠리고 양손을 활짝 펴 보이며 괜찮다는 표정을 취했다.

누군가는 달려가고 누군가는 멈추는 시간이다. 운전기사와 차장이 버스에 오르고서야 버스가 출발한다. 차가 찌그러졌음에도 안전 운전한 기사를 칭찬하고 싶다. 내가 탄 버스는 오른쪽 범퍼가 부서진 채로 도로를 질주하고 3,000m 안데스산맥은 여전히 그 자리에 멈추어 있다. 보라색은 어떻게 될까. 무단횡단 절대로 하지 말자. 나만 다치는 것이 아니라 잘못되면 상대가 목숨을 잃을 수도 있는 것이다. 안데스 도로를 다시 달리던 차가 급정거하자 조금 전의 상황을 떠올리며 사람들이 작게 탄성을 지었다.

대장은 그제야 웃었다.

④ 생존 여행

에콰도르에서 페루까지 가는 여정 전체를 버스로 4~12시간으로 나누어 중간중간 도시에서 이삼일씩 쉬면서 가기로 했다. 바뇨스에서 쿠엔카로 가는 버스는 웅장한 안데스산맥과 곳곳에 흩어져 있는 아담한 산골마을 전경을 감상할 수 있다는 장점이 있는 반면에 시간이 오래 걸린다는 단점이 있다. 의자는 편했으나 화장실이 없어서 터미널 정차 시 버스에서 내린 나에게 차장이 바뇨(화장실)? 하고 묻는다. 나는 가고 싶으나 길을 모른다고 하니 직접 안내한다. 신경이 예민한 나에게 우직하고 무던한 대장과의 호흡은 상당히 좋은 편이다. 서로 예민한 신경계를 건드리지만 않는다면 최상이고

가능하면 상대를 존중하려 하지만 어찌 좋은 순간만 있을까.

비가 온 다음 날의 지반은 약해져서 산길은 더욱 위험하다. 오늘 같은 날이다. 어제 밤새 비가 내렸고 산등성이 곳곳에 흙더미가 주르륵 흘러내렸다. 도로 중간중간 산등성이를 타고 내려온 흙더미와 돌덩어리가 길을 위협한다. 이런 상황에 익숙한 운전기사는 능숙하게 장애물을 피해 요리조리 구렁이 담 넘어가듯 운전한다. 남미 특성상 꼬부랑길 산등성이 길 비좁은 길 벼랑길 등 위험하지만 구비구비 접어들 때의 절경으로 눈이 호강한다.

안데스의 육산에 젖줄 같은 폭포수가 흘러내리고 바위 암반이 보이기 시작하자 도로 폭이 좁아지면서 도계 탄광 같은 마을이 나타났다. 경사가 급한 산에 일군 밭은 이들의 높은 노동 강도와 삶에 대한 굳은 의지를 보여준다. 차장이 "바뇨스. 바뇨스"를 외치며 우리를 쳐다본다. 내릴 준비가 안 되었던 나는 급히 목베개부터 챙겨 가방에 넣고 내릴 채비를 한다. 작은 산촌에 노란 택시가 줄지어 서 있다. 키토에서 출발한 지 네 시간 만에 바뇨스 터미널에 도착하여 쿠엔카행 가는 버스표를 확인하고 근처 숙소에서 잠시 쉬었다.

　　과테말라 제3의 도시 쿠엔카 버스 터미널에 도착하니 황금빛 석양으로 물든 동쪽 하늘에 일곱 색깔 영롱한 무지개가

우리를 반긴다. 숙소에 체크인하고 저녁을 먹으려고 구시가지 한 바퀴를 돌았으나 제대로 된 식당을 찾지 못하고 결국에는 숙소에서 쌀을 씻어서 밥을 한다. 고산지대에서 밥 짓는 것은 생각만큼 쉽지 않다. 쌀이 끓어 넘을까 봐 냄비 뚜껑을 들었다 놓기를 여러 번, 한시도 눈을 뗄 수가 없다. 쌀이 냄비에 눌러 붙지 않게 수저로 살살 저어주며 가스레인지 옆에 의자를 놓고 앉아 지켜본다.

에콰도르 남부 쿠엔카는 파리를 떠올리게 할 만큼 아름다운 도시이다. 도시 전체가 유네스코 세계 문화유산으로 등재된 역사 유적지이다. 해발 2,550m에 위치하고 사계절 봄가을처럼 살기 좋은 곳으로 유서 깊은 성당, 중앙광장, 미술관, 재래시장, 곳곳의 아름다운 카페와 갤러리는 마음의 안식을 주기에 충분한 곳이다. 게다가 공용화폐까지 미국 달러를 사용하니 미국인들의 은퇴 후 이민 후보지로 꽤나 인기 있는 도시이다. 짧은 시간 도시를 돌아보기 위해 시티 투어 버스를 타고 투리 전망대에 오르니 도시 전체가 과연 유럽의 축소판이다. 성당 앞 플로렌스 시장에서 꽃을 산 사람들이 성당 건물로 들어가 헌화하고 기도하는 모습이 인상적이다. 성당 안에는 이곳에서 판매하는 기적의 장미수를 마시고 바르고 효과를 보았다는 명패들이 즐비하다.

⑤ 까까머리 서경이

우리가 머문 쿠엔카 숙소는 옥탑에 식당이 있다. 도시의 고색창연한 붉은 기와지붕과 저 멀리 안데스산맥의 연봉을 유리창 너머로 보고 쿠엔카 성당의 종소리를 들으며 식사할 수 있다. 이 식당에서 저녁을 준비하는데 우리에게 '한국분이세요?'라며 웬 처녀가 인사를 한다. 한국말을 하지 않았다면 영락없이 에콰도르인으로 오해할 차림새를 한 아가씨다. 이렇게 우리와 까까머리 서경이와의 인연이 시작되었다.

20대 청춘도 고민한다.

행복하고 싶다.

어떻게 살아야 할까.

나는 지금 어디에서 무엇을 하고 있는가.

까무잡잡한 피부를 지닌 현지인 같은 이 친구는 통영 토박이 경상도 아가씨이다. 대학을 졸업한 후 공기업에서 1년 반 정도 근무하다가 평생 일만 하다 늙어 죽을 것만 같아서 젊을 때 하고 싶은 것을 시도한다는 생각으로 여행을 시작하였다. 고등학교 때는 TV 프로그램 '도전 골든벨'에 출전해서 한 손가락 안에 들었던 풍부한 상식을 갖고 있는 재원이다. 영어는 말할 것 없고 스페인어도 남미 여행하는 데 제한이

없을 정도 수준이라 쿠엔카에 있는 동안 우리는 많은 도움을 받았다. 그녀는 스페인, 아프리카를 거쳐 남미로 넘어와 홀로 10개월째 배낭여행 중이라고 한다.

"이 머리 어때요?"

그녀가 짧은 까까머리 스타일 사진을 내민다.

유명 디자이너들이 많이 하는 스타일인데 얼굴이 작아서 잘 어울릴 것 같다는 나의 의견에 그녀가 눈을 크게 뜨고 의외라는 반응을 보인다. 다들 까까머리 하지 말라고 하는데 오히려 권한 사람은 내가 처음이란다. 평생에 한 번은 해보고 싶었다는 그녀에게 귀 옆 라인에 무늬를 추천했다. 혼자였으면 미장원 앞에서 고민하다 돌아갔을 거라는 그녀는 결심이 서자 바로 미장원으로 향했다. 그녀는 긴 머리카락이

싹둑 잘려 나가기 시작하자 표정은 웃고 있으나 그 머쓱함과 서운함에 얼굴을 손으로 가렸다. 그녀의 머리카락은 오랜 여행으로 빗질이 어려울 만큼 엉키고 손상되었으나 이제는 더 이상 머리에 신경 쓸 필요가 없어졌다. 비누를 발라 쓱 감고 고개를 한두 번 털면 홀가분해질 것이다. 긴 머리카락을 잘라낸다는 것은 여성에게 중요한 전환점을 의미한다. 새로운 방향으로 나아가는 첫걸음이거나 과거 억압에서의 해방이기도 하다.

"내 삶이 처음으로 가득 찼으면 좋겠어요!"

까까머리 서경이가 온통 처음으로 가득한 삶이 되기를 원하는 것은 새롭고 많은 것을 경험하고픈 욕망의 표현인 것 같다. 그리고 그 욕망을 종합적으로 충족하는 대상이 여행이 아닌가 싶다. 저예산으로 여행 중인 그녀는 공항이나 길거리 해변에서 모포 하나 깔고 노숙한다든지 절벽 위의 호스텔에서 잔다든지, 히치하이킹, 해먹에서 자는 일, 산에서 텐트 없이 자기 등, 자연을 집 삼아 지내는 일탈을 누렸다. 숙소가 없어도 잠을 잘 수 있는 것이다. 돈을 절약하려고 시도했는데 오히려 낭만이 넘쳤단다. 얼굴에 페인팅하기, 시간이 급할 때 버스표를 사지 않고 일단 탄 후 기사에게 차비를 내는 것도 처음으로 해보았단다. 그녀는 핸드폰 데이터 없이 구글 지도만 보고 거뜬하게 걸어서 이동한다.

⑥ 잉카의 정원 카하스 국립공원

안데스의 숨은 진주 잉카의 정원이라고 불리는 에콰도르 카하스 국립공원. 해발 3,400m에서 시작하여 3,980m에 올라서니 눈물 콧물이 흐르고 숨이 목구멍까지 차오른다. 이곳 람사스 습지대는 사람들의 발길이 닿지 않아 고생대부터 지금까지의 역사가 고스란히 남아 과학적으로 중요한 의미를 지닌다. 걷는 중간중간 습지에 발이 빠지고 진흙에 미끄러지고 오르막에서 잠시 숨을 고른다. 통증이 있던 발의 탄력붕대를 풀어 발의 자유를 허락하고 누워 쉬다가 길을 재촉해 다리를 건너면서 호수를 지난다. 습지대를 여섯 시간 동안 걸으며 붉은빛을 띠는 나무숲을 만나고 키 작은 고지대 야생화를 만난다.

쨍한 햇살을 등지고 평평한 잔디 위에 앉았다. 보자기에 싸 온 삶은 달걀과 감자, 토마토와 바나나, 맥주를 마시니 몸이 트레킹에 적응하다가 갑자기 들어오는 음식물에 부담을 느껴 고산병의 증세로 이어진다. 그래도 고원지대에서의 태초의 원시림 같은 곳, 공룡과 숲의 정령이 살 것 같은 오묘한 카하스의 신비로운 경관 체험이 좋다.

골룸을 닮은 현지 가이드가 관광객들을 인솔하며 지나가다가 외친다.

"안녕하세요. 아줘쒀, 아짐마."

　아! 여기도 이미 한국 아저씨 아줌마 여행객들의 한국말 가르치기 병이 전염되어 있나 보다. 우리는 가이드의 묘한 한국어 발음에 조용히 눈웃음을 주고받았다.

　부모님과 여행하는 기분이라던 까까머리 서경이와 삼 일을 보내고 헤어지는데 눈이 붉어졌다. 그녀를 안으며 여행 중 안전하기를 기도한다. 먹는 것은 투자하지 않으나 보는 것은 과감하게 투자하는 그녀에게서 문자가 왔다. 산사태로 도로가 막혀 6시간이나 정체되었다가 무사히 차차포야스(Chachapoyas)에 도착했다고.

⑦ 카우치 서핑

카우치 서핑(Couch surfing)은 배낭여행자들끼리 무료로 숙식을 제공하는 것이다. 카우치를 제공받은 사람은 이를 평가하고 평점을 남기는 에어 비 엔비(air b&b)와 비슷한 듯 다르다. 일 년에 한두 번 우리 집으로 카우치 서핑 여행객이 온다. 돈을 들여서 해외로 나가야 그들의 문화를 접하는데 제 발로 걸어들어왔으니 먹여주고 재워주는 수고가 있지만 안방에서 해외 여행하는 느낌이다. 우리도 여행하면서 조건 없는 친절과 도움을 받았으니, 이를 갚는 것이다.

카우치 서핑으로 만난 샤오원은 상하이 처자인데 한국에 올 때마다 우리 집에서 머문다. 그녀가 대학생 때 우리 집에 처음 왔는데 대학을 졸업한 후 그녀의 대학교수님께 글을 받아서 우리 집에 다시 왔다. 도연명의 귀거래사 한 구절을 족자로 만들어 왔고 우리는 그 족자를 거실 벽면에 소중하게 걸었다. '동쪽 담장에 심은 국화를 꺾고 한가로이 남쪽 산을 바라본다'라는 뜻이다. 지금은 삼십 대를 훌쩍 넘긴 그녀도 까까머리 서경이처럼 세계 여행을 즐긴다. 지난해 상하이에서 그녀를 만나 자전거를 타고 상하이의 명물 동방명주 야경을 둘러보았다. 샤오원이 삐뚤삐뚤한 글씨로 편지를 남겼다.

미장원에서 '류귀화'라는 중국인을 만났다. 그는 은퇴해서 에콰도르 쿠엔카에 살고 있는 사람이다. 그가 우리 일행을

> To: 임 가족
>
> 안녕하세요! 여 아버지, 어머니, 큰오빠, 작은오빠, 또 만나서 반가웠네요! 두 번째 만난 건데 전혀 두번째 같지 않은데요. 너무 편하고 기뻐요! 즐거운 이틀 동안 보냈어서 완전 좋아요! 이번 여행로 한국이 더 좋아 하게 됐어요!
>
> (소중한 손수건 빌려주셨어 감사하고 감동 이었어요!)
>
> 아버지 어머니도 상해로 오세요! "차마고도 茶馬古道" 같이 여행 할수 있으면 좋을거 같아요! 제가 사랑이 앞에 이건 말하는게 넘 부끄러워서 편지에서 하겠습니다
>
> 감사합니다. 謝謝
> 사랑합니다! 愛
> 다시 만날때까지 계속 보고싶을께요! 히 하!

쳐다보길래 중국말로 중국인이냐고 물었더니 매우 놀라며 반가워한다.

"한국은 문명국가라서 한국 여행자는 사이가 좋은데, 중국인들은 만나면 싸운다."

2년 전에 이주한 그는 해외에서 서로를 해치고 미워하는 사람들이 중국인이라 아쉽다고 푸념한다. 언젠가 좋은 해외 생활이 올 거라고 그의 마음을 읽어주며 등을 토닥이니 눈물을 펑펑 쏟는다. 미국인들이 정착하고 싶은 쿠엔카에 중국인도 정착했으나 정을 나눌 고국 친구가 없는 이민자에게는 하루하루가 외로움의 연속인데 중국어를 하는 한국인과의 만남에 그는 위로받은 듯하다.

페루 국경에 도착했다.

국경에서 사람들이 줄지어 나가자 그제야 정신이 든 나는 입안에 든 과자와 한 손에 든 과자를 입에 넣어 씹었다. 국경 심사에서 스페인어로 묻는데 긴장하여 답변하지 못하니까 양손을 올리고 엄지손가락과 얼굴까지 사진을 찍고서 하는 말이 페루에서 90일 체류할 수 있단다. 태어나서 처음으로 이른바 범죄조회 경력 확인을 외국 국경 세관에서 당한 것이다. 기본적인 말 한마디면 입국심사 정도는 가볍게 통과할 수 있었는데 너무 긴장한 나머지 한마디도 알아들을 수 없었다.

정 여사, 페루에서는 통하지 않는군. 정신이 바짝 드네.

이틀 동안 잠을 설친 나는 수면제 한 알을 손바닥에 놓고
이걸 먹을까 궁리 중인데,

"자주 먹으면 습관이 될 텐데……"

대장은 노파심에 한마디 한다. 평생 수면제를 두 번 먹었
는데 바로 아이들 결혼식 전날이다. 평상시에도 잠에 민감한
나는 발소리, 문 여닫는 소리, 이불 뒤척이는 소리, 화장실
물 내리는 소리에도 잠이 깬다. 잠들지 못하는 밤을 위해 주
기도문을 외우고 때로는 침대 머리맡의 독한 양주나 중국 술
에 의지하기도 한다.

페루

① 에콰도르에서 페루로

페루는 안데스산맥과 아마존, 태평양을 이어주며, 자연환경과 역사적 층위가 공존하는 잉카 문명의 중심이다. 비행기를 탔으면 보지 못했을 이들의 속살과 마주한다. 사람들 얼굴에 웃음기가 없고 각박함, 피곤함, 고단함, 피폐함, 찌듦의 종합이다. 토양 환경이 척박함 때문인지 이 토지를 닮은 이들은 풍요와 거리가 멀다. 먼지가 뽀얗게 내려앉은 뚜르히요는 나무 색깔도 뿌옇고 눈에 보이는 것은 황량한 들판이요 사막이다.

에콰도르에서 페루로 국경을 넘을 때 버스로 이동하는 방법은 꽤 복잡하다. 우리나라는 한 도시에 버스 회사 전체가 공동으로 운영하는 종합 터미널이 있는 반면에 이들은 도시 안에서 회사별로 터미널을 운영하는 시스템이다. 어느 한 도시에 도착한 후 다른 도시로 이동할 때에는 그 터미널에서 바로 탈 수도 있지만 대개의 경우 버스에서 내려 택시나 다른 교통편을 타고 다음 도시행 다른 터미널로 이동한다. 몸이 감당하기 힘든 배낭을 메고 버스, 툭툭이, 택시로 이동하다 보니 이들의 시스템에 욕이 튀어나올 정도이다. 오늘 같은 날이 바로 그랬다. 와라즈행 버스표는 네 번째 터미널에 가서야 구할 수 있었다. 6시간을 터미널 주변에서 놀다가 와라즈로 넘어간다. 아침을 서둘렀기에 가능한 일이다.

바뇨스-쿠엔카-치클라요-뚜르히요-와라즈-리마까지 버스로의 이동은 답답함을 견뎌야 하는 시간이다. 서산에 해는 져서 어둑한데 이 몸 하나 누일 곳이 없어 뚜르히요 버스터미널 의자에 앉아 고개 떨구고 졸았다. 터미널 의자는 패딩을 입어도 추웠는데 버스에 올라타니 따뜻하고 내 자리가 있는 것이 그렇게 반가울 수가 없었다. 버스 뒤에 혼자서 두 자리를 차지하고 허리를 펴고 다리를 구부린 채 새우잠을 잤다. 온몸이 얻어맞은 것처럼 뻐근한데 '그 어리신 예수 누울 자리 없어…… 그 어리신 예수 꼴 위에 자네'라는 찬송가 가사가 계속 머릿속을 맴돈다.

앞자리에서 아가의 '힝!, 끙~'하고 보채는 소리가 들려올 때마다 엄마는 토닥이고 아가는 끙끙 소리를 멈춘다. 아가의 옹알이 '마미, 짜우, 찌찌'가 나를 어루만져 준다. 아가는 몇 개월이나 됐을까? 아가야 어른도 힘든데 엄마품에서 견디고 있구나 나도 예수님 품이란다.

어리신 예수가 꼴 안에 누이신 것처럼 비좁은 둥지는 포근한 둥지가 되었다.

야간 버스를 타고 새벽 5시 페루 와라즈에 도착했다. 숙소에 들어가니 고맙게도 얼리체크인을 해주어 굳어진 몸을 펴고 이불을 덮었으나 몹시 추웠다. 조식을 먹고 아르마스 광장으로 나왔다. 성인을 기념하는 축하 행진을 보는데, 마치 우리의 페루 입성을 환영하는 행사 같다는 생각이 들었다. 광장 중앙에 있는 성당은 지진으로 무너졌고 바로 옆 새로 지은 성당에서 어린 소녀의 세례식이 진행 중이다. 소녀는 백옥 같은 하얀 드레스를 입고 머리를 곱게 땋았다. 가는 곳마다 고풍스러운 성당에서 몸과 마음의 위로를 받고 평안을 얻는다.

와라즈 아르마스 성당은 페루 대지진으로 재건축하였다.

1970년 페루 북부에서는 '불의 전차'라고 불리는 7.9도의 대지진으로 약 7만 명이 사망하였다. 페루는 세계 각국의 손길로 재건되었으며 와라즈 또한 이때 재건 되었다. 그 때문인지 시내 곳곳에는 지진 대피소 화살표가 보인다. 이들이 산속에 들어가 사는 이유는 당면한 적들의 위협에 대비하려는 목적도 있지만 특히 지진의 위험으로부터 스스로 보호하기 위함인 것 같다. 이들은 폭에 비해 과도하게 높은 모자를 쓰고 있는데, 모자가 높은 이유는 뜨거운 태양으로부터 머리를 보호하는 목적과 한편으로는 키가 크게 보이고자 하는 욕망 때문이라고 한다. 비가 내리면 모자에 비닐을 씌워 비를 피하며 애지중지한다.

시내 곳곳의 난잡한 전깃줄이 페루 북부의 열악한 생활환경을 보여준다. 와라즈 이틀째 온천을 가려는데 버스가 안 오길래 확인하니 산사태로 도로가 휩쓸려 나갔다고 한다.

역시 남미답다. 지금 여기 남미다.

우여곡절 끝에 다음날 와라즈 인근 몬테레이 온천을 찾았다. 백두산 천지보다 높은 곳에 있는 유황 온천에 몸을 담그니 천하가 부럽지 않다. 목욕하는 사람들은 대부분 가족 단위로 온 듯하다. 낯선 이방인들 틈에서 여행 중이지만 평소 좋아하는 온천욕을 하며 고도에 적응 중이다. 즐겁고 행복하게 산다는 것은 가족과 시간을 함께하는 것이다. 온천을 함께 하는 현지인들은 이 높은 곳 유황온천에서 온천욕을 즐기고 있는 동양인 부부가 신기한지 연신 기웃기웃하며 말을 붙인다. 우리는 이 사람들이 온천욕을 즐기는 것이 신기하고, 이들은 우리가 온천욕 하는 것이 못내 신기한가 보다. 온천에서 피로를 풀고 시내 전망대에 올랐다가 시장터에서 소고기국밥으로 배를 채우고 광장에 앉아 명상하니 세상 부러운 것 없는 시간이다. 시장터가 삶의 현장이라면 광장은 명상의 현장이다.

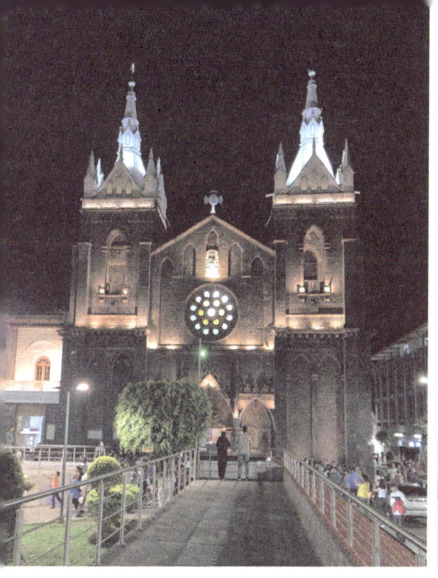

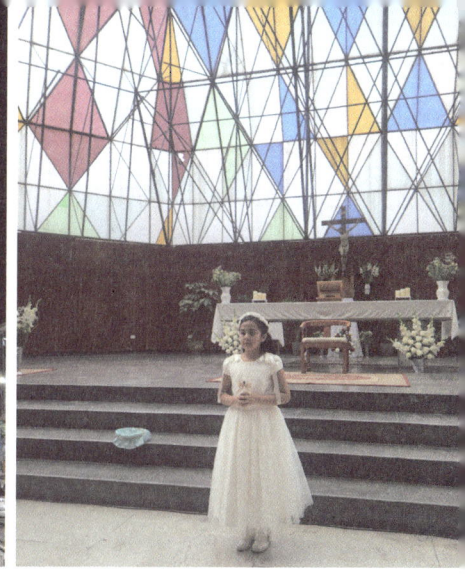

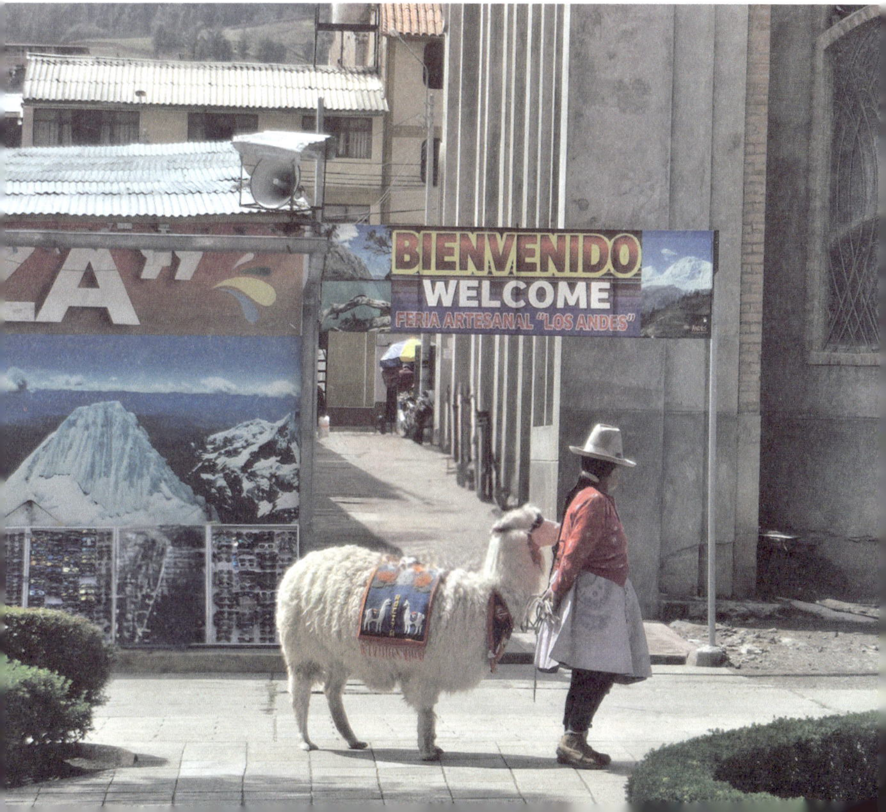
BIENVENIDO
WELCOME
FERIA ARTESANAL "LOS ANDES"

② 치아 이탈

오늘은 와라즈에서 수도 리마로 10시간의 장거리 버스 이동하는 날이다. 어제 버스터미널까지 일부러 가서 버스표를 예매하고 이동 준비를 완료한 가운데 아끼고 아끼던 누룽지로 아침 식사를 준비했다. 그런데, 누룽지 하나를 깨물고 씹는 순간, 어? 입안에서 큰 돌 하나가 돌아다닌다. 얼마 전 치료했던 아랫니 치아 크라운이 어처구니없이 빠진 것이다.

누룽지 너 때문이야! 버스 출발까지는 2시간이 남은 상황이다. 와라즈에서 치료할까, 리마로 이동하여 치료할까. 보험이 안 되어 치료비가 꽤 나올 것 같은데… 머릿속이 복잡하다.

와라즈 시내에서 8시에 문을 여는 치과 문 앞에서 대기하다가 출근하는 의사를 따라 들어가 치료 의자에 누웠다.

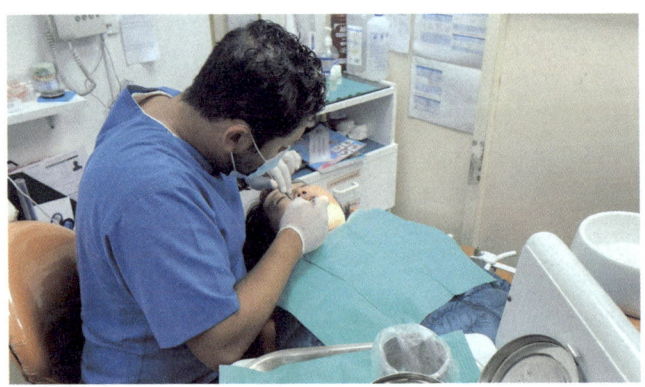

30대의 맘씨 좋아 보이는 치과의사 산호세는 구멍 난 치아를 보여주자 별다른 질문 없이 모든 상황을 파악하고 능숙하게 치료한다.

신기하다. 치과 치료법은 어느 나라나 같거나 비슷한 모양이다. 치아를 때워 임시로 붙여 놓았으니 본국에 돌아가면 영구 치료를 하라고 한다. 여행자가 할 몇 마디는 그라시아스! 그라시아스! 자기 병원에 치료하러 온 한국인은 내가 처음이란다. 감사한 마음에 기념사진을 찍자고 하니 흔쾌히 응한다.

③ 리마의 이모저모

치안이 좋지 않기로 소문난 도시 리마로 가는 안데스산맥의 도로는 시멘트로 되어있고 차가 속력을 낼 수 없는 이유는 도로 곳곳이 파헤쳐져 있기 때문이다. 버스는 한 시간 늦게 출발하여 속도가 느리게 간다. 덕분에 드넓게 펼쳐진 우아한 안데스 고원을 한없이 바라볼 수 있는 여유를 준다. 눈 덮인 설산과 들판에 작은 성당과 키 작은 꽃들이 지나간다. 길가에 자동차 바퀴 휠들이 굴러다닌다. 거친 산길을 천천히 운행해도 그 험준함을 견디지 못하고 자동차 부품들이 떨어져 나가는 것이다. 평균 해발 3,000m 안데스산맥에서 바다로 내려오는 도로 주위는 한없이 메마른 황무지와 사막 지형

이다. 삭막하디 삭막한 황무지가 끝날 즈음 태평양의 시원한
바람, 끝 모르게 탁 트인 수평선, 귀를 자극하는 거친 파도
소리가 우리를 기다리고 있었다.

　페루의 수도 리마는 해안가 절벽 위에 세워져 있으며 후
덥지근하고 평균기온은 17~20°이다. 거리는 화려한 조명으
로 감싸고 있으나 속살은 모래 먼지투성이다. 리마는 신시가
지와 구시가지로 나뉜다. 구시가지 대통령궁에서 군악대의
연주 '엘 콘도르 파사'가 흘러나온다. 매일 정오에 열리는 근
무 교대식을 보기 위해 여행자들이 몰려왔다. 육군사관학교

에서 매주 토요일 화랑 의식을 했던 대장은 신이 나서 이 상
황을 설명한다. 왼쪽 팀은 근무가 끝나고 오른쪽 팀에게 인
계하는데 이때 무릎은 90°로 구부려야 하고 다리는 120°로
뻗어야 한다는 것이다. 아들만 둘이라 그런지, '두꺼운 제복
을 입혀 놓은 보여주기 행사가 애들을 잡는구나'라는 생각이
먼저 들어왔다. 경복궁 수문장 교대 행사를 코앞에서 현장감
있게 보다가, 이들의 대통령궁 울타리 안에서 하는 행사를
보니 현장감이 떨어져 아쉬웠으나 국기는 힘차게 펄럭였다.

시내를 걷다 보니 전통 복장을 한 여인들이 스마트폰을
허리춤에 찬 모습을 많이 볼 수 있다. 이들이 입은 치마나 상
의에 호주머니가 없다 보니, 사람에 따라서 그곳이 허리인지

가슴인지 구분이 안 가지만 허리띠 비슷하게 통과하는 부분에 스마트폰을 차고 있는 것 같다. 그런데 그 모습이 옛날 서부 영화에 나오는 총잡이들이 허리춤에 권총을 찬 것처럼 보였다. 이백 년 전에는 권총을 차고 다녔으나 지금은 권총보다 더 위력 있는 스마트폰을 차고 거리를 활보하고 있다.

곳곳에 수세식 물차가 도로 구석구석을 청소하거나 간혹 자기 가게 앞을 물청소한다. 이들이 이렇게 하는 이유는 오줌 지린내가 심해서 코를 움켜쥐는 일이 허다하기 때문이다. 수도가 이러하니 다른 곳은 안 보아도 알 것 같다. 외국 관광객이 길거리에서 노상방뇨 할 리는 없고 이들의 국민 의식 수준이 의심되는 순간이다. 공공화장실을 설치하여 돈을 받을 것이 아니라 누구든지 이용할 수 있도록 건물의 화장실을 무료로 개방해야 한다.

우리의 도전은 계속된다.

버스 승강장에서 사람들이 버스를 타지 못하자 밖에 있는 사람들은 들어가려고 하고 안에 있는 사람들은 그만 타라는 아우성으로 안팎에서 몸싸움이 벌어졌다. 버스의 문이 닫히지 않았는데 기사는 차를 출발하려고 하고 사람들은 몸을 구겨서라도 타려고 한다. 버스가 힘겹게 출발하고 운이 좋게 의자에 앉았으나 거꾸로 가는 세상이다. 뒤로 앉으니 어지럽고 사람들은 우리를 낯선 이방인 구경하듯 바라본다.

버스의 번잡함에 더해 아가는 울고 시장통에 불난리는 유
도 아니다. 잠시 후 아가의 울음소리에 고개를 돌려보니 아
가가 발장난으로 대장을 툭툭 쳐서 엄마가 아가를 나무라자,
아가는 머쓱함에 서러운 눈물을 터트린 것이다. 엄마는 아기
울음에 당황하였고,

"아기 목소리가 커서 나중에 가수를 해도 되겠어요."

아기의 편에서 말하니 그제야 엄마의 얼굴이 환해졌고 아
가도 울음을 멈췄다.

버스는 여전히 달리고 서기를 반복한다.

이 상황에 내 옆에 서 있는 남자의 배가 자꾸 내 왼팔에 닿
기에 무심히 쳐다보니 툭 튀어나온 배를 의도적으로 나의 팔
에 댄다. 머리털과 코털이 희끗희끗하니 나이를 먹을 만큼

먹은 사람이다. 나는 고개 들어 그의 얼굴을 째려 보았고 버스에서 내리는 순간 기분 나쁘다는 표현으로 배불뚝이 배를 팔꿈치로 맵게 가격하고 줄행랑을 쳤다.

리마 해변으로 지는 석양을 보는 것이 오늘의 목표인데 구시가지에서 신시가지로 가는 하늘이 우중충하다. 리마 플로레스에 있는 '사랑의 공원 조각상'은 조각상 아래에서 키스하면 사랑이 이루어진다는 연인의 이야기를 담은 키스 동상으로도 유명하다. 살색의 조각상은 조악했고 페인트가 벗겨져 있었으며 조각상의 조각미보다는 비둘기들의 쉼터가 되었다. 해안가 절벽 위에서는 바람에 의지하여 패러글라이딩을, 태평양 바다에서는 파도에 몸을 맡기고 서핑하는 이들을 보며, 미라 플로레스 해안 지구로 떨어지고 있는 석양을 보며 하루를 조용히 마무리한다.

④ 쿠스코 코리칸차

리마에서 쿠스코로 가기 위해 아침 일찍 호르헤 차베스 공항으로 이동하였다. 수화물을 부치는데 무게 초과란다. 꿀병을 정리해서 물통에 꿀을 담고 수화물 카운터로 다시 향한다. 짐을 부치고 공항 창가에 앉아 한숨 돌리고 쉬고 있는데 공항 방송이 귀에 꽂힌다.

"손님 중에 리마에서 쿠스코로 가는 OOO님! 수화물 체크인 카운터로 와 주세요."

공항 방송으로 이름이 호명되어 갔더니, 배낭의 무게를 재면서 빼놓은 물병을 가져가라는 것이었다. 긴장하고 집중하면 스페인어도 들린다. 소소한 작은 물건이지만 잃어버리면 기분 상할 수밖에 없는데 물병을 찾은 것이 놀랍고 고맙기도 하다. 긴장이 풀어졌는지 비행기에 앉자마자 꿈나라로 갔다.

짧은 시간에 주요 도시를 여행한다는 것은 많은 에너지가 필요하다. 분주한 하루를 보낸 발바닥은 쥐가 나고 아려왔기에 쉴 때마다 신발을 벗어 발을 위로했다. 치아 씌운 것은 빠졌지, 이래저래 골치 아픈 나를 돌보는 사람은 오직 대장뿐이다. 숙소에 들어오면 나의 다리에 약을 발라 주물러 주었고 아픈 증상에 맞춰서 챙겨주었으나 정작 본인은 챙김을 받지 못해 코밑이 터졌다. 짠하다!

잉카 고대 도시 중 가장 아름답다는 잉카의 배꼽 쿠스코는 유네스코 세계 문화유산답게 골목길이 옹기종기 잘 가꾸어져 있다. 코리칸차는 산악 민족 잉카인이 가장 중요하게 여긴 태양 신전이다. 잉카인들이 정교하게 공들여 짜 맞춘 돌 위에 스페인 정복자들은 자신의 건축양식을 적용하여 잉카의 정신을 지배하려 하였다. 황금으로 장식된 문 위에 태양 빛이 반사될 때 그림자를 통해 그해 농사를 결정하였다.

코리칸차는 인디칸차, 인디와시로도 불렸으며, 신전 광장을 중심으로 태양, 무지개, 달, 별의 신전이 자리하고 한쪽은 천둥과 번개가 자리하여 농경과 관련하여 제사를 지냈다. 코리칸차 수용이 부족해지자 쿠스코 외곽에 삭사이와만을 건설한다.

시장에 꽃이 많아서 물어보니 내일(5월 10일)이 페루의 어머니날이란다. 이들도 우리의 어버이날(5월 8일)과 같이 온 가족이 모여서 가족의 의미를 되새기며 함께 먹고 마시고 여행하며 꽃을 선물하는 풍습을 갖고 있다. 몸과 마음이 유난스레 어머니가 생각나는 날이다.

여행 떠나기 전 어머니와 목욕하고 들어오는 길 버스에서 창밖을 보니 난전에 좌판이 펼쳐진 유성 장날이다. 오이 딸기 바나나 한라봉 상추 튤립 등등을 샀다. 십 일 전 넘어지신 어머니는 엄지 손의 살점이 뚝 떨어져 피를 흘렸고 무릎이 멍들고 깨졌음에도 골절되지 않음에 감사해하셨다. 끼니를 때우는 것보다 힘든 것은 홀로 감당해야 하는 외로움이다. 다리에 힘이 풀려 두 번 넘어지셨다는 어머니의 말을 듣고서야 얼굴을 자세히 보니 양쪽 볼 언저리가 얼룩덜룩 붉다. 넘어지면서 입술이 터지고 얼굴이 갈린 것이다. 그것도 모르고 볼 화장이 너무 진하다고 쓴소리를 뱉은 내가 아닌가. 어머니는 혼자서도 잘 노셨고, 넘어지면 벌떡 일어나 흙을 툭툭 털었다. 어머니는 피가 나도 울지는 않으셨으나 씁쓸해하셨다. 긴 하루를 보낸 나와는 달리 어머니의 시간은 찰나인가.

⑤ 이놈들아, 안 속는다

ATM기가 카드를 먹었다.

무리로 이동하며 혼을 빼는 사람들을 조심해야 한다. 현금 인출기 앞에서 사람들이 웅성거리기에 사진을 찍었다. 알고 보니 카드가 인출기에 들어간 것이다. 우리는 자리를 벗어났다. 우리는 가이드를 동행하지 않고 발품을 팔아 여행하는 스타일이다. 다른 지역으로 이동할 때면 도착과 동시에 버스 티켓을 구한다. 당일에 구하면 좌석이 없어서 못 떠나는 불상사가 발생할 수도 있다. 가능하면 낮에 이동하기를 원하지만 때로는 밤에 이동할 때도 흔하다. 야간이동은 숙소비용을 절감하는 장점이 있으나 어두워서 주변 경관을 보지 못한다는 단점이 있다. 온라인으로 표를 구매하려고 했는데 성별을 넣으면 오류가 떠서 시내버스를 세 번 갈아 타고 쿠스코 터미널로 갔다.

"푸노 60솔이야."

"레드 버스 어플에 쿠스코 푸노 버스 요금 50솔이라고 나와 있는데 너 무슨 소리야?"

이놈이 바로 버스 금액을 인정한다. 우리를 잘 못 봤다.

안 속는다 이놈들아, 속일 사람을 속여야지. 돈을 계산하려는데 불이 깜빡이더니 전기가 나가버렸다.

정전이 웬 말인가. 큰 터미널에 비상 발전기도 없다니 말이 안 되잖아. 의자에 양반다리를 하고 있다가 다리에 쥐가나서 신발을 벗었다.

"전기는 언제 들어오나요?"

두 시간이나 걸린단다. 국내에서 경험하기 힘든 정전 사태를 보고 있다. 표를 파는 사람이나 직원들은 태연할 만큼 익숙해져 있다. 배낭여행자인 우리는 시간이 넉넉하니 다행이지만 속에서는 답답함이 밀려왔다. 페루 쿠스코 마추픽추는

남미의 얼굴이요 대표 관광지 중의 하나인데 종합 터미널에
전기가 나가 결제를 못 하는 상황이 이해하기 어려웠다.

터미널 안 이곳저곳에서는 다음 목적지 이름을 크게 부
르는 삐끼와 여행사 직원들이 마치 경쟁하듯이 목청을 높여
"푸노푸노, 리마리마, 아레키파, 라파즈, 코파카바나"를 외친
다. 이들의 목소리는 적절히 어우러져 하모니를 이루며, 남
성 직원이 중저음으로 푸노를 외치면, 다른 창구의 여성 직
원이 소프라노로 화답하고 여기저기에서 각자의 다양한 행
선지를 외치니 쿠스코 터미널 행선지 합창곡으로 들려오는
듯하다. 점심을 먹으려고 나가려는데 실내가 번쩍 번쩍이더
니 전기가 들어왔다.

아르마스 광장 계단에 앉았는데 미국 플로리다 출신의 부부가 일본인이냐고 묻길래 코리안이라고 하니 능청스럽게 강남스타일의 말춤 흉내를 낸다. 대화를 이어가던 중 자기 차가 한국 기아차라며 '기아 최고'라고 하길래, 내 차는 미국 포드 익스플로러라고 응대하니 더더욱 좋아하면서 펄쩍펄쩍 뛴다. 많은 이들이 오고 가는 열린 광장에서는 다양한 종족들이 삼삼오오 모여서 수다 삼매경이다.

⑥ 친체로, 살리네라스, 모라이

마추픽추 가는 길목에 있는 해발 3,760m 안데스 계곡에 있는 직물 마을 친체로는 무지개라는 이름으로 불렸다. 잉카 황제의 별궁을 세운 장소로 당시 조성된 마을 중 제일 아름다운 곳이다. 친체로는 붉은 토양 위에 세워진 잉카 유적과 식민지 시대의 교회가 공존한다. 잉카인들의 주거 형태 석축, 돌길, 수로, 계단식 농경지 수공예품 파는 사람들을 만났다. 이들은 자연에서 얻은 색상을 이용하여 천연염색을 하기에 친체로의 특산물들은 색감이 화려하고 아름답다. 마을 한복판에서 잉카 복장을 한 여인들의 손끝에서 옛 방식 그대로 알파카로 염색한 형형색색의 실들이 옷으로 재탄생 중이었다. 잉카인들은 유목 생활을 하면서 자연의 습성을 활용하여

생활에 적용하였다.

살리네라스 소금 광산은 하얀색의 계단식 염전이 산허리를 덮고 있다. 1억 년 전 태평양 대륙판이 남미의 대륙 밑으로 들어가면서 안데스산맥이 형성되었다. 그때 솟았던 바닷물이 끊임없이 흘러나와 염전을 이루었기에 잉카인들은 생존을 위해 먼 바다로 나갈 필요가 없어졌다. 천연 염수가 흘러내리는 사이사이를 걷는 현지인의 모습은 수백 년 전의 풍경을 옮겨 놓은 것처럼 짠 내가 코를 간질이는 듯하다. 살리네라스 염전은 가파른 협곡 경사면에 자리한 안데스산맥의 꽃이다. 3,000개의 소금 웅덩이는 자연적으로 샘 솟은 지하 염전과 태양열로 수분이 증발하면서 1~2주 후 소금의 결정체를 만들어낸다.

지구 밖의 풍경 같은 모라이는 잉카의 계단식 원형 테라스 밭이다. 280m 높이로 층층이 단을 나누어 만든 체계적인 농업 실험장으로 잉카제국의 과학적 농업기술과 잉카인의 지혜가 담겨있다. 동심원으로 석축을 쌓아 계단을 이룬 농업 시험 재배지는 서로 다른 온도 차이에 맞게 각각의 다른 농산물을 재배한 실험으로 보는 이의 감탄을 자아낸다. 잉카인들은 산악지형에 알맞게 주로 감자 옥수수 퀴노아 코카 등을 심었다. 농산물 창고인 '콜카'는 식품 저장고로 박하 허브를 벽돌 사이에 끼워 농산물의 부패를 막은 것이다.

올란따이땀보(Ollantaytambo)는 쿠스코에서 마추픽추 가는 길에 있는 작은 마을이다. 과거 차스키가 쉬어가던 곳으로 해발 3,000m에 위치하여 잘 보전되어 있다. 남미의 땀보는 우리나라 사리원, 조치원, 장호원과 같은 역원 역할로 사람들이 쉬면서 잠을 청하는 곳이다.

잉카 레일을 타기 위해 올란따이땀보 역에서 기다리는데 갑자기 한 무리의 풍물패가 나타나 피켓을 들고 우리에게 따라오라고 신호한다. 풍물패를 따라 흥에 겨워 걷다 보니 잉카 레일 타는 곳에 도착하였다. 남미에서 꼭 해봐야 할 것 중 하나가 잉카 레일인데 가급적이면 낮에 타는 것을 권한다. 벽과 천장이 유리로 되어 창밖 풍경을 보면 입이 딱 벌어지고 그저 감탄사가 흘러나온다. 기차 안에서는 옛날 우리의 철도 홍익회 같은 직원들이 공연을 하고 물건도 판매한다.

마추픽추 봉으로 오르는 초입 마을 아구아스 깔리엔떼스에 도착했다. 숙소 직원이 기차역으로 태극기를 들고 마중나왔다. 내일 마추픽추를 보러 가야 하는데 이곳은 벌써 비가 내려 도로는 젖어있고 구름 낀 날씨 예보와 천둥 소식까지 있다. 마추픽추 볼 수 있을까? 걱정 반 설렘 반으로 잠을 설친 가운데 아침이 밝았다.

마추픽추 관광은 오후에 예약이 되어있어 봉우리에 오르기 전 시간이 남아 아구아스깔리엔떼스(스페인어로 온천이라는 뜻) 마을 끝에 있는 온천에 몸을 담그니 심신의 피로가 사르르 날아간다. 와라즈 몬테레이 유황온천도 좋았으나 이곳의 물 온도가 더 따뜻하다. 옛날 어른들이 나이 들면 온천이 최고라는 말을 나도 절실히 실감 중이다.

⑦ 마추픽추 가는 길

비 예보가 있어서 필요할 때 옷가지를 싸려고 비닐봉지를 달라고 하니 당연하게 돈을 요구한다. 달걀 프라이 하나를 2,000원이나 받았다. 돈을 대놓고 밝히니까 미간이 찌푸려지고 야박한 인심에 정이 뚝 떨어졌다. 한국인들이 후하게

팁을 주어 그런 것이 아닐까. 잉카인의 후덕한 성품은 어디로 가고 마추픽추 봉우리의 뾰족함만 닮았을까, 상념에 젖다가 아래를 내려다보니 산세가 높고 날카롭다는 점만 빼면 딱 백담사 오르는 길목 같은 풍경이 나타났다.

잉카의 상징 마추픽추를 산 정상에서 거꾸로 보면 하늘을 나는 콘도르 형상이 나타난다. 15세기에 지어진 마추픽추는 안데스산맥 깊숙이 감춰진 잃어버린 도시, 공중 도시로 불린다. 마추는 옛날, 픽추는 코카잎 혹은 피라미드로 오래된 봉우리를 뜻한다. 마추픽추를 굽어보는 우뚝 솟은 산봉우리는 산세가 가파르기로 유명한 와이나픽추(젊은 봉우리)이다. 와이나픽추를 옆으로 보면 누워있는 사람의 얼굴 모습이 나타난다. 오백 년 동안 숨겨져 모습을 드러내지 않던 마추픽추는 1911년 잉카인의 도움을 받아 미국 학자 하이럼 빙엄에

의해 재발견된다. 마추픽추의 발견은 잉카 문명의 존재와 건축 기술을 전 세계에 알리고 잉카 문명의 연구를 재촉하는 계기가 되었다.

우루밤바강이 공중 도시가 있는 산맥 아래 계곡으로 흘러 간다. 마추픽추는 접착제나 모르타르를 사용하지 않고 돌과 석재를 쌓아 만들어졌으며 유네스코 세계 문화유산으로 지정되었다. 잉카 문명이 망하면서 마추픽추는 다른 도시로 이전할 때 성의 비밀을 지키기 위해 노인과 여자들을 집단으로 매장했다는 설, 천연두에 의하여 모두 사망했다는 두 가지 이야기가 전해진다. 마추픽추로 가는 방법은 쿠스코에서 기차를 타고 아구아스깔리엔떼스까지 가서 버스로 갈아타고 가는 방법과, 고대 잉카인들이 만든 옛길을 따라 가이드와 동행하여 트레일로 가는 방법이 있다.

전 세계인이 한번은 와 보고 싶은 선망의 장소에 내가 와 있다. 마추픽추로 오르는 짧은 세 시간의 여정은 우리를 남미로 오게 한 가장 큰 이유이다. 잉카인이 산꼭대기에 돌을 쌓아 제단을 만들 생각을 했다는 것은 실로 놀랍다. 이들 건축의 정교함은 지진이 났을 때 빛을 발했다고 한다. 스페인의 건축물은 힘없이 무너졌으나 잉카인의 건축물은 무너지지 않고 제자리를 지켰다는 것이다.

그러나 역사는 잉카의 편이 아니었다. 프란시스코 피사로의 스페인 군대가 파나마를 거쳐 잉카제국을 침범한다. 잉카제국은 스페인의 침입, 형제의 내전, 전염병으로 붕괴되었으나, 마추픽추만큼은 파괴되지 않고 원형이 거의 그대로 잘 보존되어 오늘도 '살아 있는 유적'으로 우리들을 맞이한다.

⑧ 만남의 연속

삶은 만남의 연속이다.

쿠스코 광장에서 만난 기아차 플로리다 부부를 오얀따이땀보 기차 대합실과 카페에서 만나고, 잉카 레일을 타고 올 때 만난 아르헨티나 부녀를 또 옆 칸에서 만났다. 반가움에 대화하니 그들은 마추픽추뿐만 아니라 와이나픽추까지 다녀왔단다. 아버지는 영어가 되는데 딸은 나처럼 언어가 약한지 수줍은 미소만 짓는다. 파비앙 여행사 직원이 오더니 오얀따이땀보역에 내리면 본인이 인솔하는 7번 버스를 타란다. 쿠스코에서 마추픽추 1박 2일 패키지여행 비용은 일 인당 35만 원이다. 이들 여행사가 의외로 체계적이라서 자본주의 돈의 위력을 체감 중이다.

20년 전 캘리포니아로 이주한 신O호, 조O구 부부의 예명은 '호구 커플'이다.

"한국에서 남미 오기가 쉽지 않은데요."

"이번에 투표하시나요?"

호구 커플은 아이들 교육과 생활문제로 미국 영주권을 얻고 미국 시민이 되어 주기적으로 세계 유명지를 여행하고 있단다. 이번 여행이 극기 훈련 같은 느낌이었는데 비슷한 연배의 한국인을 만나 여행과 한국과 미국의 정치 상황을 이야기하니 반갑고 기쁘시단다. 우리도 남미 오지에서 동양인을 만나기도 힘든데 동양인, 그중에서도 한국인을 만나니 더없이 반가웠다. 역시 우리는 단군 할아버지를 둔 한민족 동포이다.

"드릴 것이 이것밖에 없어요."

마추픽추를 보고 쿠스코로 돌아오니 밤 11시가 넘었다.

늦은 시간까지 안 자고 우리를 기다린 캘리포니아 부부에게서 두 손 가득 중간 보급 수준의 식량을 선물을 받고 나니 친정집에 다녀온 기분이다. 그들은 외국에서 구하기도 힘든 한식 재료를 통째로 우리에게 넘겨주었다. 한식 재료도 반가웠으나 그 베푸는 마음에 더 가슴이 뭉클하다. 김치 신라면, 김, 얼큰 순두부, 짜장, 카레, 고추장 양념 등등, 마치 한국 마트의 식품매대 하나를 통째로 넘겨받은 기분이다. 호구 커플은 남미여행에서 '닮고 싶은 인생 선배님'을 만났다며 즐거워했다. 그들은 후일 한국을 방문할 기회가 생기면 꼭 우리 집에 오겠다고 문자를 보내왔다.

⑨ 상호보완

남미 여행이든 세계 여행이든 사람과의 관계가 통해야 한다. 나는 이방인이니 너는 나를 도와줘야 한다는 생각으로 일을 처리하면 이기적인 사람이 될 수 있기에 조심해야 한다. 너와 내가 동등하게 도움을 요구하지 않고 당당하게 행동할 때 나의 입장이 통한다. 대장은 가능한데 나는 말도 안 되는 억지를 부린다. 나에게 잘해주려는 마음을 뻔히 알면서도 나는 가끔 상대의 감정은 안중에도 없다는 식으로 행동한다.

상식이 통하지 않는다.

정말 가르쳐서 될 문제가 아니다.

동반자에 감사해야 하는데 투정한다.

하나님은 감사이고 남편은 짜증의 대상인가.

심술부리는 내가 정말 싫다.

한 명이라도 중심을 잡으니 그나마 팀웍이 맞는 편이랄까. 종종 삐걱거릴 때가 있지만 입술을 닫고 침묵하다 보면 어느새 풀려 있다. 장기간 동행이라 말을 조심하려고 노력한다. 건망증이 심한 나는 같은 말을 두 번 한다. 언제 어디로 튈지 종잡을 수 없는 나도 가끔 대장의 눈치를 보기도 하는데 바로 요구사항이 생길 때이다.

직진형이고 도전적인 안전 불감증 여인과 돌다리도 두드리며 건너는 안전 민감증 사내의 조합이 그저 경이롭기만 하다.

"한푼 두푼 절약하여 사글셋방 벗어나자"

1987년 의정부 중앙초등학교 앞 문방구 집 셋방에 걸려 있던 표어가 생각났다. 신혼부부에게 대화가 필요하기에 어항을 제일 먼저 사서 비단잉어 네 마리와 금붕어를 넣어 놓고 저녁마다 텔레비전 대신 불 켜진 어항을 함께 바라보며 결혼 전 못 나눈 얘기를 나누곤 했다. 이후 한푼 두푼 모아

선풍기, 냉장고를 마련하고 텔레비전을 제일 늦게 장만했다.

젊었을 때 어떻게 살았는지 묻지 마라. 굳이 떠올려야 한다면 손주들을 볼 때 우리도 아가들 키우며 행복한 순간들이 있었다는 추억이 떠오를 뿐이다. 두 며느님의 남편이 된 아이들을 키우면서 겪은 고난도 지금 돌이켜보면 모두 즐거운 추억으로 변해 있다. 어느새 손주들이 태어나서 무럭무럭 자라나고 있으니, 세월은 고난과 시련을 행복한 추억으로 바꾸는 마술을 부리는 모양이다.

바깥이 숙소보다 더 따뜻하여 숙소에 웅크리고 누워있을 필요가 없다. 숙소 앞이 전망대라 올라가면 쿠스코 시내가 한눈에 보인다. 오늘도 노점상은 제자리를 지키며 전망대에 오른 사람들의 사진을 찍어주고 있다. 우리 얼굴을 기억하는지 아는 척을 한다. 자세히 보니 오른쪽 귀 뒷부분에 길게 한 가닥 기른 꽁지머리가 있다. 인간은 착하고 성실하게 살아야 하는데, 약육강식의 정글 같은 관광지에서 노점상 생활은 오히려 이들의 생계를 위협하는 것 같다. 꽁지머리는 장사수완이 없어서 하루에 기념품 (4솔 한화로 이천 원) 몇 개밖에 못 판다며 부끄러워 한다. 착하다는 것은 욕인가 칭찬인가. 며칠을 올라와도 변함없는 모습을 보여주는 쿠스코 풍경이 아늑하나 착한 노점상의 한 가닥 남은 꽁지머리와 대비될 때 가슴 한쪽이 시리다.

⑩ 쿠스코의 막걸리

쿠스코 광장은 사람들이 햇빛 샤워를 하거나 여행객들에게 휴식을 제공하는 공간이자 시위 장소이기도 하다.

쿠스코 광장에 주민들이 도시가스를 설치해 달라는 시위가 벌어졌다. 젊은이들은 일터로 나가고 어르신들이 시위하러 광장으로 쏟아져 나와 몇 팀으로 나뉘어 북을 치고 나팔을 불며 큰 소리로 외치고 있다. 여행객들은 무슨 일인가 궁금하여 모여드니 인산인해를 이룬 광장이 시끌벅적 활기가 넘친다. 아이러니하게 페루에 난방시설이 없어서 잘 때는 패딩을 입어도 추워서 몸을 웅크려야만 한다. 이들의 요구가 과하지 않다. 가스 설치는 국가에서 해야 한다.

이웃 마을 포로이로 산책하려던 계획이 무산되었다. 쿠스코 시민들이 시위하는 바람에 버스도 안 다니기에 시장으로 발길을 돌렸는데, 웬걸 여기도 문을 닫았다. 시위하느라고 생업을 포기한 이들의 결단이 놀라웠고 그만큼 도시가스가 절박하다는 것을 알 수 있었다. 오전에 시작한 시위는 오후가 들어서도 계속되고 있다. 주민들이 시간대를 나누어서 쿠스코 광장을 중심으로 돌며 농성 중인 그 와중에도 결혼식 사진을 촬영 중이다. 그야말로 희비쌍곡선이 따로 없다.

쿠스코 시내를 느릿느릿 산책하며 오후 시간을 보내고 지쳐갈 즈음 우리는 쿠스코 '치차'로 그 갈증을 달래려 하였다.

케추아족 인디오들이 즐겨 마시는 치차는 우리의 막걸리를 빼다 박았다. 농민들을 포함한 서민들이 좋아하고 시큼털털한 맛에 뿌연 색깔, 그늘진 땅바닥에 묻힌 술독까지 우리의 막걸리 술독과 비슷하다. 차이점은 우리 술이 쌀로 만들었다면 치차는 옥수수로 만들었다는 것이다. 이곳에서 치차를 파는 유명한 라촘바로 갔다. 어김없이 식당 입구에 깃대처럼 막대 하나가 꽂혀 있고 그 끝에 꽃이 묶여 있다. 치차 파는 주막집이라는 표시인데, 그 옛날 우리네 주막에 내다 걸었다는 주(酒) 깃발이 생각나는 정경이다.

고대 안데스 지역의 물 숭배지에 왔다. 잉카와 스페인의 공학 기술을 결합하여 산에서 물을 공급해주는 사판티아나 수도교를 건설하였다. 아치 구조의 건축물 사이로 물이 흐른다. 잉카인들에게 물은 생명이요 신과의 연결이라는 영적인 의미를 지닌다. 잉카의 수도 쿠스코는 숨이 막히게 아름다운 안데스산맥의 풍경에 둘러싸인 역사적인 문화유산이다.

우리는 쿠스코에 일주일 머물렀는데도 아쉬움에 밤마다 전망대로 올라갔다.

⑪ 푸노 가는 길

흙먼지를 뿌옇게 일으키며 8시간을 달리던 버스가 드디어 푸노에 도착했다. 안데스산맥 해발 3,900m에 드넓은 평지가 끝없이 펼쳐져 있다. 이른바 알티플라노 고원지대이다.

쿠스코에서 푸노에 이르는 장장 400km에 달하는 알티플라노고원은 여행가이드 론리플래닛(lonly planet)이 세계에서 가장 아름다운 고원으로 선정하였다. 이제껏 탔던 버스보다 의자가 몸을 뒤로 160도 제칠 수 있고 넓어서 편리하다. 이 정도면 버스로 이동하는 것이 얼마든지 가능하다. 며칠 전에는 이보다 좁은 버스로 15시간 이동했더니 이젠 제법 익숙해져 여유가 생겼다. 버스에서 내리니 한기가 온몸을 감싸 패딩을 꺼내 입었다.

푸노 터미널에서 바라본 티티카카는 지구에서 배가 다니는 호수 중 가장 높은 곳에 있는 호수다. 세계 3대 호수에 속하는 티티카카는 철망이 없는 국경이 그어져 있는데 서쪽은 페루 동쪽은 볼리비아에 속하며 안데스산맥 중앙에 있다. 배낭이 무거워 인력거를 탔는데 인력거를 모는 어르신이 눈이 어두운지 길을 헤매길래 오른쪽 왼쪽 손짓으로 겨우 조정해서 숙소에 도착하니 아까 출발했던 터미널 바로 옆이 아닌가. 이분이 숙소 위치를 모를 리가 없는데 이동 거리가 너무 짧아 요금 받기가 미안한지 일부러 시내 쪽으로 돌아온 듯하다. 숙소에 도착해서 김치와 김에 싸서 밥을 먹으니 어지럽던 속이 안정되었다.

호구 커플님 땡큐!

⑫ **티티카카호수**

　구름 한 점 없는 날, 티티카카호수를 보기 위해 나오다가
숙소 앞에서 호객하는 소년에 이끌려 우로스섬으로 향한다.
둘이 배에 탔는데 시동이 잘 안 걸린다. 깜짝 놀라 구명조끼
부터 걸쳤다. 티티카카는 '퓨마의 바위'라는 뜻으로 호수 주
변의 원주민들이 퓨마나 재규어를 숭배해서 붙여진 이름이
란다. 티티카카는 안데스산맥의 녹은 물이 모여서 만들어졌
다. 페루의 티티카카에서 가장 유명한 곳은 우로스족이 갈대
'토토라(totora)'로 만든 인공섬이다. 부산의 을숙도 갈대숲이
연상되는 뱃길을 따라 한참을 가니 우로스섬이 나타났다.

이들은 잉카의 침략을 피해 스스로 섬을 만들어 호수 안으로 들어가 갈대를 엮어 집을 짓고 살았다. 보트를 운전한 소년의 집인 듯한 곳에 내리자 부모가 마중 나와서 갈대로 엮은 소파에 앉으라고 하더니 무릎을 꿇고 우로스섬의 역사와 문화를 이야기하며 수공예품을 권한다. 그들은 소박한 일상을 살아가며 수공예품을 팔아 먹고산다. 그 돈으로 먼 거리 병원에도 갈 수 있다는 말을 들었을 때 안타까운 마음이 들었다. 한편으로는 핸드폰으로 사진이나 찍고 있는 내가 마치 불청객처럼 느껴져 미안하기도 했다. 갈대로 만든 섬이 가벼이 움직인다. 이들의 숙소와 부엌은 취약했고 갈대 위에서 맨발로 생활한다. 나도 맨발로 갈대 위를 걸을 때 땅이 아닌 잉카의 시간 위에 서 있는 느낌이 들었다.

우로스족은 잉카와 스페인의 영향권 밖에서 살았으나 1950년 이후 관광객이 찾아오고 페루 본토의 영향으로 상업화되었다. 세상에서 가장 높은 갈대 호수 위에서 별빛을 감상하며 숙식을 할 수 있다. 그러나 최근에는 광산에서 호숫물을 과도하게 끌어 써서 수질이 오염되고 수위마저 줄어들었다. 지구 온난화때문에 티티카카호수에 의존해 살아가는 이들에게도 갈대를 구하는 일이 힘들어지고 있단다.

볼리비아

① 코파카바나

볼리비아는 남미에서 가장 강한 원주민 국가 정체성을 지닌 다민족 국가이다. 또한 안데스 고원의 원주민 문명과 식민지 수탈의 기억, 그리고 자원 정치가 현재까지 맞물려 있는 내륙 국가이다. 여행자에게 있어 국경을 넘는 일은 가벼운 두려움이자 또 다른 도전의 장이다.

페루에서 볼리비아의 국경을 걸어서 통과하자마자 한국 외교부에서 문자가 날아왔다.

"볼리비아 일부 지역은 여행경보 3단계 지역이니 긴요한 용무가 아닌 경우 동 지역의 여행을 취소하거나 연기하기 바랍니다."

2018년 한국인이 코파카바나 태양의 섬(이슬라 델 솔)을 방문하였다가 피살된 사건이 발생했다. 한국인 방문객에 대한 추가적인 보복 행위가 우려되어 여행경보 적색경보(출국 권

고)가 발령된 지역이다. 적색경보가 울렸지만 우리는 극히 조심하며 여행을 강행하기로 하였다.

　주한 볼리비아 대사관에서 만난 친구들은 우리보다 열흘 늦게 중남미로 날아와 우리와는 약간 다른 노선으로 여행 중이었다. 그들의 이야기를 들어보니 황당하다고 생각될 만했다. 볼리비아 국경을 통과하는데, 입국심사를 받으며 직원들과 실랑이하는 사이에 버스가 떠나버렸다는 것이다. 허허벌판에 남겨진 이들의 심정이 어떠했을까?

　"너희가 타고 온 버스 떠나서 어떻게 해?"

    외국인 친구들은 이들을 걱정해 주었고 친절한 다른 버스 직원은 남는 좌석에 태워주어 무사히 우유니에 도착했단다. 이들은 남미를 돌아보고 배낭을 재정비하여 아프리카로 넘어갔다. 결혼한 지 얼마 되지 않아 신혼을 즐기는 이들 부부와의 인연은 비록 볼리비아 대사관에서 짧은 만남이 전부였지만 무척 강렬한 끌림으로 남았다. 여행 중 일정이 겹쳐 함께 여행하는 기회가 있었으면 하였으나 그러지 못해 아쉬움이 있었으나, 중남미 대륙을 여행하는 4개월 내내 서로의 소식을 들으며 응원하고 위안을 얻었다.

    볼리비아는 남미 국가 중에서 유일하게 한국 여행객에게 비자를 요구하는 나라였으나, 2025년 12월부로 한국 여행객에게 무비자 입국을 허용하였다.

② 볼리비아, 경제가 기가 막혀

볼리비아는 암 환전이 존재한다. 버스로 국경을 통과할 때 국경과 멀어질수록 환전 비율이 좋았다. 국경 통과 전은 1:1.8이었으나, 국경 선상 세관 입구에서는 1:2, 코파카바나 중심에서는 1:4이다. 정부에서 허가받지 않고 비공식으로 외화를 사고파는데 공식 환율보다 높기 때문에 은행에서 돈을 찾으면 손해이다. 2025년 5월 당시 공식 환율은 1 USD = 7 BOB, 암 환전 1 USD = 12 BOB으로 암 환전 시 1달러당 5 BOB을 더 받는다. 볼리비아 여행 시 달러를 가져오는 것이 유리하고 큰 단위의 지폐($100)를 준비하는 것이 좋다.

여행자는 좋지만 이렇게 취약한 경제 구조는 고스란히 볼리비아 서민들에게 부담으로 돌아간다는 생각에 마음이 불편했다. 볼리비아는 쿠데타로 정부가 계속 바뀌어 정치 경제적으로 혼란한 상황이다. 국가가 강력해야 국민이 보호받으며 잘 살 수 있고 국가가 힘이 없으면 국민이 고생한다는 사실을 절감하였다.

우리가 머무는 홈스테이는 코파카바나 중심부의 언덕 넘어 시골집인데 마당에 넓은 잔디가 있고 야외 부엌이 갖추어져 있다. 숙소 도착과 동시에 까까머리 서경이가 선물한 미역을 불려 끓여 먹고 해변을 산책했다. 숙소 주인이 빨래를 자제하여 달라고 부탁하기에 왜냐고 물어보았더니 전기가

12
ARIES
"ARIES" N° 12

DUCHAS
RED LAGOON
GREEN LAGOON
IRELAND
SOUTH KOREA
NETHERLANDS
COLOMBIA

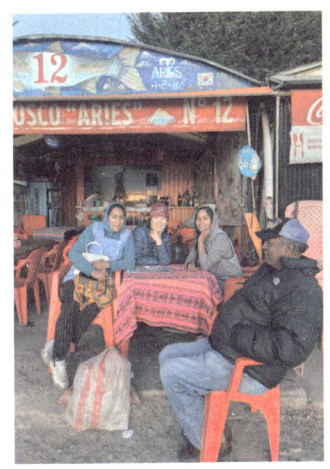

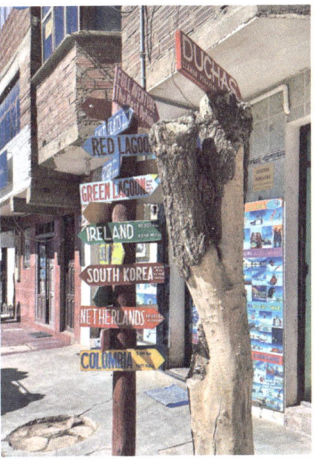

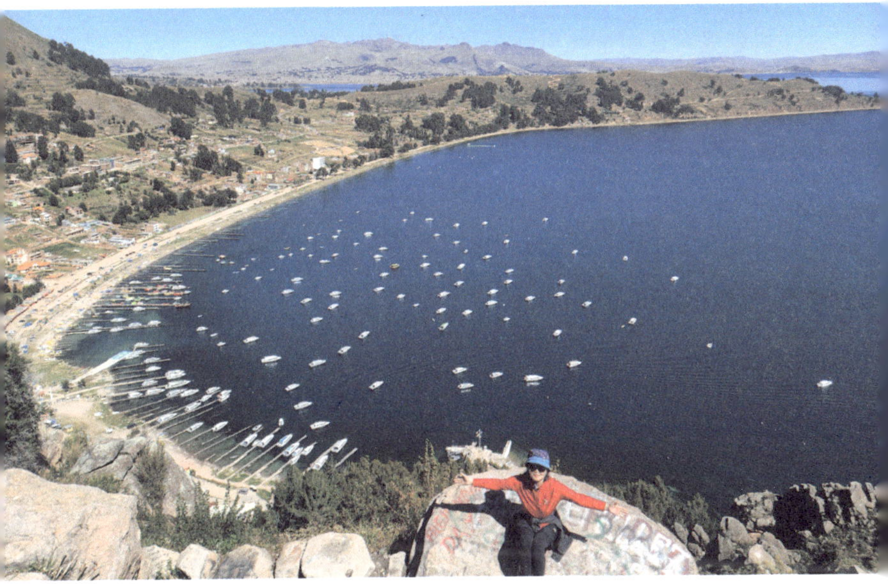

나가서 물 공급이 어렵다고 한다. 코파카바나에 전기가 나간 지 사흘이 지났다.

이곳도 과테말라 아티틀란 호수 주변의 마을과 같이 기반 전기 시설이 열악하다 보니 그 큰 호수를 옆에 두고도 물 부족에 시달리는 현상이 생긴다. 티티카카 호수의 물을 끌어서 사용하면 되는 것 아니냐고 반문하니 자기네들의 열악한 처지를 이해해달라고 말한다. 정부를 원망해야 하지만, 이들은 그런 생각조차 없는 듯하다. 이들도 큰 통에 물을 받아서 쓰고 있다. 섬을 돌아보는데 인적이 뜸한 한적한 곳에서 빨래하는 두 팀을 만났다. 이들은 연인인지 수레가 두 대가 있으며 각자의 수레에 빨랫감을 싣고 온 것이다. 바위에 앉아 준비한 음식을 나누어 먹는 모습이 인상적이다.

코파카바나 해변에는 해안가 포차가 즐비한데 그중에서도 12번 포차에 태극기가 그려져 있어 눈길을 끈다. 포차 주인은 자신 있게 송어 튀김을 추천해 주고 한국인이라고 말하지 않았는데도 알아보고 서비스로 미니 콜라를 내민다.

③ 심장이 터질듯한 갈보리 언덕

주일 아침 성당과 교회를 지나 갈보리 언덕으로 향한다.

갈보리 언덕은 코파카바나 전역을 볼 수 있는 전망 명소이며 종교적 순례지이다. 경사가 가파른 해발 4,100m를 거의 수직으로 올라가면 아름다운 티티카카호수와 해변을 볼 수 있다. 1950년대 지어진 십자가 언덕으로 오르는 길목마다 열두 개의 십자가가 있으며 순례자들은 십자가 앞에서 예수님의 죽음과 고난을 기리고 묵념한다. 가파르고 비좁은 돌밭 길에서 촛불에 마음을 담아 기도하고 있다. 실제적인 고도가 주는 신체적 고통을 느끼며 들숨 날숨을 내쉬며 오르고 멈추기를 반복한다. 이 같은 길을 무거운 십자가를 지고 올랐을 예수님을 생각하며 당시 느꼈을 고통과 감정이 이입되었다.

옆에서 보는 세상과 위에서 보는 세상은 다르다. 올라간

자만이 알 수 있는 세상이 있다. 턱 끝. 가슴속 깊은 곳에서 차오르는 고통을 느끼며 오르는 돌밭 길. 예수님이 십자가 지시고 오르시던 맨발의 면류관 가시 뭉치 길이다. 한발 한 발 그분이 느끼셨을 고통과 비교할 수 없지만 심장과 폐에 압박을 온몸으로 체감하며 오른다.

④ 여행은 순간을 즐기는 것

이른 아침을 먹고 맘마미아 영화 산토리니가 생각나는 태양의 섬에 왔다. 어디선가 메릴 스트립이 캉캉치마를 입고 뛰어나올 것 같은 분위기이다. 잉카 문명의 기원이 시작되었다는 태양의 섬에서 눈앞에 펼쳐진 설산을 막연히 바라보거나 이름 모를 석상을 바라보고 오늘이 마지막 날인 것처럼 기도하는 듯 두 손을 모으거나, 야외 의자에 걸터앉아 책을 읽거나, 춤추듯 가볍게 걸어 다니거나, 아무 생각이 없는 듯 멍 때리거나, 선착장 호스텔 테라스에서 차를 마시거나, 여행자별로 각자 자기가 하고 싶은 것을 한가로이 즐기고 있다. 각양각색의 인종이 뒤섞여 다양한 언어도 들려온다.

돌아오는 길 롤링이 심한 배의 지붕으로 올라간 친구들이 발장난을 하는지 통통통 소리를 내자 실내에 앉아있던 네 명은 동시에 눈이 마주쳤다. 이때 대장이 손가락으로 위쪽을 가리키며 "SOS 구조 신호인가?"라고 말하자, 그 말을 들은 세 명은 동시에 웃음이 빵 터진다.

여행하는 동안 긴팔을 입었음에도 손등이 타는 것은 어쩔 수가 없다. 때가 낀 듯 거무죽죽하게 거칠어진 손등이다. 얼굴에 선크림만 발라서인지 윤기가 없어 바셀린을 사서 발랐더니 피부가 촉촉해졌다. 볼리비아 평균기온은 $10°$라서 난방시설이 별도로 없고 체온으로 잠을 잔다. 숙소에 두툼한 담요가 두 장이나 있으나 고산병 증세가 심한 나는 가슴을 짓누르는 담요의 무게를 감당하지 못해 추워도 집에서 가져온 얇은 침낭을 덮었다. 해가 비추면 등이 따가우나 그늘로 들어가면 금방 오싹해진다. 얇은 패딩과 보온이 되는 모자는 필수이다. 입 안이 건조하여 혓바닥이 갈라졌다.

노는 것도 참 힘들구나.

집 떠나온 지 오십일, 여행이 반 고비에 들어섰다.

어제 오후 시멘트 바닥을 울리는 꽝 소리에 놀라 일어나니 빨랫줄을 걸으려고 의자에 올라간 대장이 넘어졌다. 낡은 플라스틱 의자가 삭아서 부서졌고 대장의 머리가 다칠 뻔한 상황이 발생한 것이다. 대장은 조식을 먹으며 주인에게, "의자가 부서졌어요. 내가 너무 무거운가 봐요."라며 재치 있게 말한다. 상대를 배려하는 말투는 웃음을 불러왔고 주인은 머리는 어떤지 물어보며 매우 미안해했다.

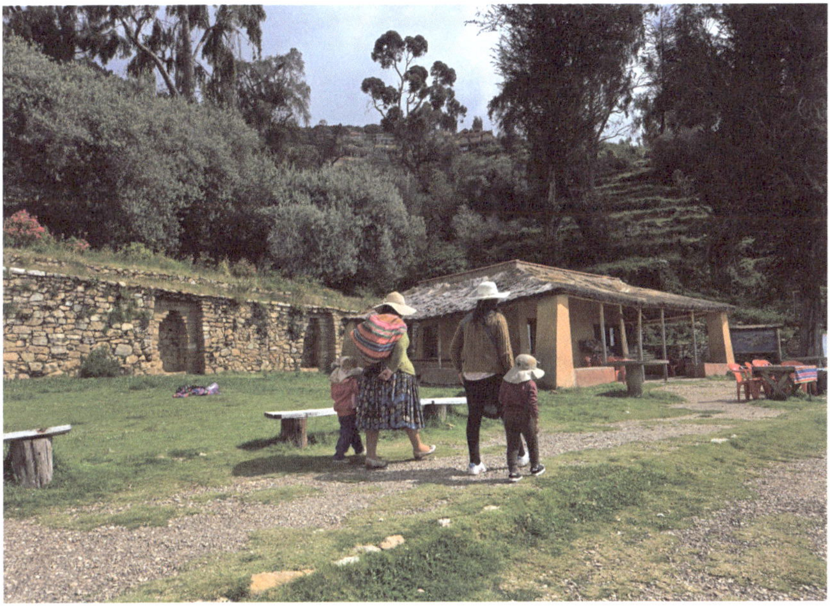

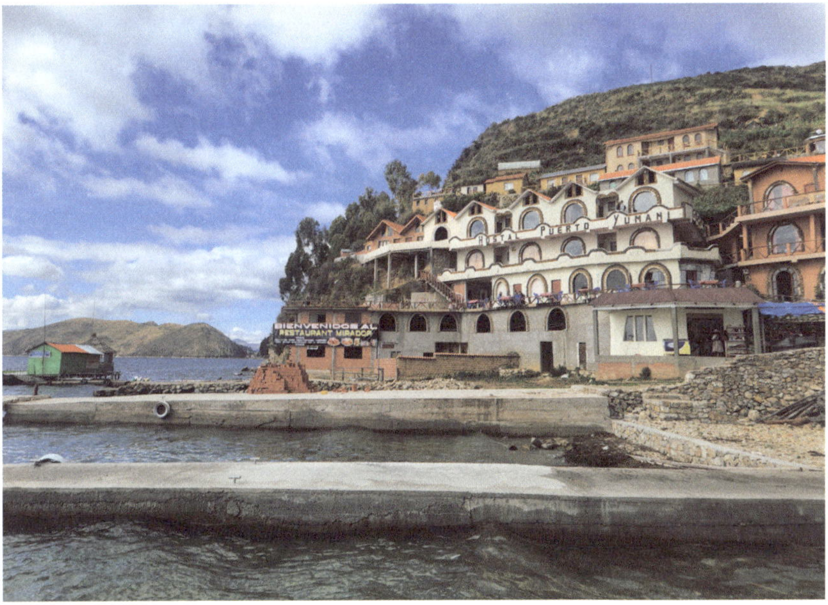
HOSTAL PUERTO YUMANI
BIENVENIDOS AL
RESTAURANT MIRADOR

코파카바나에서 나흘을 머물렀고 라파즈로 가는 버스를 타기 위해 우버를 불렀으나 연결이 되지 않자 숙소 여주인이 광장으로 나가 택시를 잡아 왔다. 광장으로 나가는 길은 경사가 심한데 그녀가 뒷짐을 지고 언덕을 지그재그로 천천히 올라간다. 안데스의 높은 고도는 여행객만 힘든 게 아니라 태어나고 자란 잉카 현지인들에게도 힘들다. 그녀가 아니었으면 무거운 배낭을 메고 언덕을 올라야 했는데 우리의 편의를 고려한 그녀의 성의에 감사한 마음을 담아 꼭 안아주었다.

원주민의 무심한 미소가 어떤 풍경보다 위로가 된다. 위로하고 위로받고, 행복은 순간을 즐기는 거다.

⑤ 라파즈

라파즈는 스페인어로 '평화의 성모마리아'라는 뜻이다.

잉카 원주민들은 치키야프 '황금의 농장'이라고 불렀다. 수도 라파즈는 해발 3,200m에서 4,100m가 넘는 고도에 걸쳐 펼쳐져 있는 거대한 그릇 모양의 분지에 자리 잡고 있다. 거주자의 분포는 고도에 따라 사회 경제적 지위와 명확하게 연관되어 부자는 낮은 평지에 살고 가난한 자들은 산꼭대기 빼곡한 적벽돌로 지은 무허가 판자촌에 거주한다.

부자가 바늘구멍을 통과하기 어렵듯이 모두 잘 사는 세상

만들기는 어려운 것인가. 부자 동네 사람과 산악지대 달동네 사람들의 빈부격차는 너무도 심했다. 라파즈 인구의 대다수가 높은 고도인 언덕 주변과 엘 알토에 살고 있다. 이를 해결하기 위해 볼리비아 정부에서 2014년 라파즈 상공을 운행하는 텔레페리코를 건설한다. 세계에서 가장 긴 하늘의 메트로 텔레페리코는 서민을 위한 출퇴근용으로 만들었다. 이를 설치할 때 낮은 지대의 부자들은 높은 지대의 가난한 자들이 낮은 지대로 내려오는 것을 이유로 반대했다고 한다. 산악지형으로 교통 체증에 시달리던 주민들은 두 시간 걸리던 출퇴근길이 25분으로 앞당겨져 대체로 시간의 활용과 삶의 질이 한층 높아졌다. 그러나 정작 빈부격차가 심한 빈민들은 텔레페리코를 이용하지 못했다. 우리 돈 600원이 없기 때문이다.

텔레페리코는 주민들에게는 대중교통이지만 관광객에게는 라파즈 시내를 공중에서 감상할 수 있는 관광 명소가 되었다. 텔레페리코는 주간과 야간 두 번 탈 것을 권장한다. 야간에는 별들이 촘촘히 박힌 아름다운 도시를 내려다보는 황홀경을 느낄 수 있다. 라파즈가 어둠 속에서 빛을 밝히자 거칠고 무질서했던 거리가 별처럼 반짝이기 시작한다. 라파즈 시내에서 바라보이는 일리마니 산은 해발 6,460m로 하얗게 눈에 덮인 정상부가 마치 고깔모자를 쓴 것마냥 보였다.

라파즈는 여행자가 긴장을 늦출 수 없는 지역이다. 역 주변에 소매치기가 많아서 핸드폰을 조심해야 한다. 손에 들고 있거나 가방에 넣어도 강제로 뺏어가니 조심하라고 현지인이 당부한다. 자세히 보니 이들은 핸드폰을 가슴에 넣거나 허리춤 바지 안에 끼우고 다니는 모습이 많이 보인다. 우리는 사람들이 모여 있는 곳과 골목길을 피하여 넓고 밝은 곳으로 다녔다.

야간에 텔레페리코를 타기 위해 길을 나서는데 대장이 내 손을 대로변으로 이끈다. 저쪽으로 가면 직선도로인데 왜 큰길로 나가는지 갸웃하다 의견이 충돌했다. 내가 택시나 버스를 타고 가자는 이야기로 들은 것이다.

"대장! 잘 안 들리지요?"

"내가 영어도 잘 안 들리고 스페인어는 더 안 들리는데 당신이 발음을 똑바로 해야지."

나도 문제가 없는 것은 아니다. 대장이 못 듣는다고 투정할 것도 없는 이유가 내게도 있다.

건망증이 심한 나는 같은 말을 두 번 한다. 길을 찾아야 하거나 바쁠 때 내 말을 계속 쏟아낸다는 단점이 있다. 오직 둘만의 공간에서 말이 많으면 중요한 것을 놓치거나 판단이 흐려질 수 있기에 말을 아끼는 지혜가 생겼다.

⑥ 달의 계곡

달의 계곡은 터키의 카파도키아와 베트남의 무이네를 떠올리게 하는 곳이다. 안데스산맥을 압축한 '달의 계곡'의 본 이름은 '영혼의 계곡'이었으나 볼리비아의 수도 라파즈가 관광지역으로 활성화되면서 명칭이 바뀌었다. 이곳은 진흙으로 이루어진 지층이 오랫동안 침식작용을 거치면서 형성되었다. 달 탐사선 선장 닐 암스트롱이 라파즈의 달의 계곡을 방문하였는데 생긴 모양새가 달의 표면과 닮아 감탄했다고 한다. 달의 계곡을 방문할 때는 라파즈 산프란시스코 성당 앞에서 902번 버스를 타거나 택시를 이용한다. 달의 계곡에서는 라파즈를 둘러싼 기묘한 형태의 안데스 산악지형을 한눈에 감상할 수 있다.

볼리비아 행정수도 수크레 여행을 포기하고 우유니로 가는 길 중간에 있는 오루로라는 도시로 향한다. 라파즈에서

오루로가 가까울수록 도로에 먼지가 날려 시야가 뿌옇다. 볼리비아 5대 도시 중 하나인 오루로는 세계적인 주석 광산으로 알려져 있다. 매년 2월에 열리는 오루로 카니발은 볼리비아 전통과 문화를 체험할 수 있다. 이 축제는 인디오 전설과 신화를 바탕으로 원주민 인디오의 전통과 스페인의 문화가 결합된 독특한 형태의 축제이다.

오루로는 광산 지역이다 보니 진폐증 환자가 많고 영아 사망률이 매우 높다. 이에 볼리비아 정부는 한국 코이카에 종합병원을 요청하고 코이카는 오루로 고원 지역 주민 건강을 위해 2017년에 병원을 신축한다. 오루로 지역주민도 그 사실을 알고 있는지 우리가 한국 여행객이라고 밝히자 매우 감사해한다.

오루로 터미널에서 그리 멀지 않은 곳에 있는 오루로 게스트하우스(Backpackers Oruro B&B)는 시내 중심가에 있는 숙소와 달리 젊은 배낭여행자들이 많이 찾아오는 숙소로 항상 시끌벅적하다. 가격이 저렴하고 각층 마다 공동욕실과 부엌이 갖추어져 있어 다양한 국적의 친구들을 만날 수 있다. 오루로 둘째 날 아르헨티나에서 시작하여 볼리비아를 통과 중인 독일인 자전거 여행객을 만났다. 그녀들의 용기에 숙소 안에 있는 여행자들이 모두 한마음으로 박수를 보냈고 우리도 늦지 않았음을 실감한다.

⑦ 빵 하나에 단돈 100원

시장에 가기 위해서는 왕복 4km를 걸어야 한다.

마지못해 뚜벅이로 걷다 보니 발길이 더디기만 하다. 갑자기 긴 줄이 나타나 나의 호기심을 끌었다. 빵 공장을 옮겨온 것인지 잉카 원주민들이 빵을 사기 위해 길게 줄을 서 있다. 신기하여 대장은 줄의 맨 끝에 서 있고 나는 앞으로 나와 계산하는 것을 자세히 보니, 우리 돈 2,000원에 빵을 무려 25개나 주고 있는 것이 아닌가. 이들의 주식 빵은 서민들의 배를 채워주는 양식이다. 볼리비아 돈 3볼을 내미니 무슨 빵을 원하는지 묻기에, 낸 들 압니까? 어깨를 움찔하며 양손을 쫙

펴 보이니 봉지 가득 담아주고 웃으며 덤으로 하나 더 주었다. 인심이 후한 오루로.

사람들이 모이는 곳에 자연스럽게 열리는 시장은 삶의 현장이다. 원주민들이 어울려 먹거리와 필요한 생필품을 조달하는 시장은 생명이 살아 있는 역동적인 공간이고, 생존을 위해 물건을 거래하는 장소인 동시에 낭만적이고 중립적인 공간이다. 시장에서는 축제인지 각양각색의 풍선이 줄지어 달려 있고 원주민들의 줄다리기가 펼쳐져 응원전이 한창이다. 자신들만의 고유문화를 지켜나가는 잉카의 여인들은 대다수가 전통의상을 입는다. 치렁치렁한 치마에 두 갈래로 땋은 머리에 중절모를 쓴 여인들을 만나니 내가 다른 세상에 왔음을 실감한다. 까무잡잡한 피부에 작은 키 통통한 몸매에 매부리코는 인디오 잉카 문명의 후손들이다.

광산 지역에 거주하는 순종에 가까운 잉카인이 서양인과 유럽인들은 많이 보았겠으나 동양인이 자기들의 모습을 동영상으로 찍으니 계면쩍어하면서 구경하는 우리에게 박수를 보낸다. 구제 장터에서 옷을 고르다 상표를 보니 메이드 인 코리아가 아닌가? 볼리비아에서 한국의 구제 옷을 만나게 될 줄이야. 동묘시장 구제를 좋아하던 나는 신나서 도톰한 옷 하나를 400원에 사서 등에 걸쳤다. 백포도주 한 병과 소고기, 스테이크, 치즈와 오이 초무침으로 근사한 저녁을 준비했다.

"우리 너무 잘 먹는 거 아니야?"

"무슨 소리, 잘 먹어야 여행하지요."

오루로 케이블카를 타고 시내 전망대에 오르면 거대한 성모상과 오루로 도시 전체를 관망할 수 있다. 승차장에는 전설을 모티프로 한 벽화가 그려져 있는데, 이 지역에 살던 네 개의 괴물을 물리쳤다는 벽화이다. 길거리 좌판에는 오루로 전통 카니발에서 Diablada 춤을 출 때 착용하는 마스크가 전시되어 있다.

오루로 근교에 있는 온천을 찾았더니 주말이라 가족끼리 와서 수영을 즐기는 사람들의 모습이 보인다. 온천 오갈 때 콜렉티보를 함께 탔던 십 대 후반 친구들이 사진 찍기를 원하며 한국에 대해 궁금증을 쏟아내기에 그들을 응원하는 맘으로 말했다.

"꿈을 꾸고 현재를 열심히 살다 보면 기회가 온다. 볼리비아 학생들이 밤늦게까지 공부하고 운동하는 모습을 직접 보니 볼리비아의 미래가 희망적이라는 생각이 든다."

⑧ 우유니 사막 가는 길

버스는 평균 해발고도 3,400m의 알티플라노고원의 벌판을 한 없이 달려 나가고 넓고 휑한 광야에는 드문드문 집 한두 채가 보인다. 줄지어 있는 낡은 전봇대의 모습만이 문명의 이기가 이곳에도 실핏줄처럼 흐르고 있음을 보여주고 있다. 원시적인 삶 속에서 척박하게 살고 있는 그들을 보니 내가 가지고 있는 것, 누리고 있는 것이 너무도 호사스럽게 느껴진다. 차 안으로 햇살이 들어와 몸이 훈훈해질 즈음 새벽에 준비한 햄 치즈 샌드위치를 조금씩 먹었다. 추운 곳에서 먹다가 체하면 여행이 아닌 고행이 된다. 그것도 식사라고 배가 불러와 의자를 뒤로 눕히고 누워 무거워진 눈에 순응하기로 한다.

우유니에 도착하니 먼지가 뿌옇고 시야가 흐리다. 차 안에서도 목이 답답하여 하던 말도 멈추게 하는 우유니 가는 길. 숙소 도착과 동시에 짐을 풀고 국내에서 예매한 표, '볼리비아 아웃 칠레 인' 버스를 터미널에 가서 교환하였다. 한식 맛집이라고 찾아갔더니 고추장 불고기 흉내는 냈으나 도무지 어설펐다. 해외에 나가서 한국 음식 잘하는 집이라고 블로그에 올리거나 식당에 한글로 '한국 음식 잘해요'라고 써 줄 일이 아니다. 현지인이 찾는 맛집에서 점심의 반값으로 불맛이 듬뿍 밴 소고기 장작 구이를 만족하게 먹었다. 저녁 식사 후 숙소 옆 오아시스여행사에서 우유니 투어를 예약하였다.

우유니 사막은 볼리비아에 있는 세계 최대 소금 사막이다. 알티플라노고원의 영향으로 해발 3,656m에 위치하고 넓이는 경상남도와 비슷하고 소금의 총량은 최소 100억 톤으로 추산된다. 특히 우유니 소금 사막이 '세상에서 가장 큰 거울'로 불리며 유명한 것은 우기에는 빗물이 하늘에 비쳐 마치

거울을 마주 보는 것 같은 착시효과를 일으키기 때문이다.

　우유니 소금 사막은 기차 무덤 투어로 시작한다. 볼리비아 포토시에서 생산된 은과 우유니 사막의 소금을 실어 나르던 기차는 광물자원이 줄어 쓸모가 없어져 폐쇄되었다. 모래사막에 버려진 화차와 기차는 세월이 흐르면서 녹슬고 자연스레 기차 무덤이라는 우유니 명소가 되었다. 남미를 여행하는 한국 사람들의 단골 여행지가 되다 보니 일부 가이드 차량에 태극기가 붙어 있고 오빠, 언니, 빨리빨리 등 짧게 한국어를 구사하는 가이드도 많다.

기차 무덤을 보고 차에 앉으려는데 가이드가 우리보고 맨 뒷자리에 앉으라고 한다. 대장이 왜냐고 물어보려고 하기에 나는 재빨리 '가운데 자리가 맨 뒷자리보다 불편하다'고 말하면서 가이드가 하라는 대로 맨 뒷자리에 앉았다. 그런데 뒷자리는 의자 간격이 좁아서 다리를 주체할 수가 없어 이동하는 내내 몸을 배배 꼬았다. 차에서 내리자마자 대장이 묻는다.

"정 여사님! 정말 가운데 좌석이 불편해, 뒷좌석이 불편해? 솔직하게 말해보세요."

이렇게 불공평한 경우는 무조건 참아서 될 문제가 아니고 가이드에게 말해서 바로 잡아야 한다는 것이다. 나는 요구사항이 많은 여자라서 참으려고 했다니까 정말 말해야 할 때와

참아도 될 때를 구분하는 것이 지혜로운 거라고 말한다. 함께 여행하는데 서로가 예의를 지켜 불편한 상황을 만들지 않게 상의해야 한다는 것이다. 결국 가이드에게 말하니 뒷자리가 불편할 수 있다고 수긍하는 태도를 보인다.

"공평하게 돌아가면서 앉읍시다."

그 말 한마디에 마침 뒷좌석에 앉았던 다리가 길고 키가 큰 브라질 친구들의 표정이 밝아졌다.

우유니 사막 한가운데 선인장 섬이 있다. 정상에 오르니 소림사 스님 한 분이 소림권법을 선보인다. 대장은 모처럼 만난 중국인들과 대화하며 중국어 실력을 맘껏 발휘하여 신났다.

오아시스 여행사와 브리사 여행사 중간에 있는 숙소(Hotel Avenida)는 가격이 저렴할 뿐 아니라, 우유니 터미널과 주변 마트 시장이 5분 거리에 있어 추천한다. 인터넷에서 예약이 안 되고 숙소에 직접 가서 신청해야 한다는 단점이 있다. 숙소는 난방이 잘 안되니 주인에게 핫팩을 달라고 해서 따뜻하게 잘 것을 권한다.

아는 만큼 보인다는 말을 실감한다. 미리 연구하고 자료를 본 지역은 더욱 아름다운 것 같다. 덕분에 우리는 낮에는 우유니 소금사막을 밤에는 우유니의 일몰과 은하수 별빛을 감상하는 호사를 누렸다. 데이 투어는 250볼(한화 오만 원), 심야 추가할 수 있는 투어는 200볼이다.

⑨ 별이 쏟아지다

초저녁에 동행한 아르헨티나 북부 후후이에서 온 모녀는 엄마는 간호사, 딸은 의사이다. 이들에게 에바 페론, 체 게바라, 마라도나 얘기를 하니까 매우 반갑게 호응한다. 엄마와 여행한 적이 언제였더라. 엄마와 둘이 일본과 베트남에 다녀오긴 했으나, 엄마와 내가 사는 지역이 멀다 보니 얼굴 보여주는 것이 쉽지 않다. 89세이신 엄마와 해외는 어렵고 국내 크루즈가 좋을 텐데, 나는 상념에 잠겼다. 호수로 가는 얼음길을 조심히 운전하던 가이드가 길이 "울퉁불퉁해"라고 한국어로 말한다. 나의 심사도 엄마 생각에 울퉁불퉁해졌다.

별 하나 별 둘, 별 셋… 어디서 많이 들어보던 별들의 이야기. 하늘에 저리도 별이 많았던가. 하나님이 천지를 창조하실 때 하늘의 별과 같이 바다의 모래알과 같이 번성하라는 말이 스친다. 밤하늘에 펼쳐지는 은하수는 마치 다른 행성에 와 있는 착각을 일으킨다. 별들을 바라보는데 별똥별이 이곳저곳에 몸을 떨군다. 은하수를 만난 것은 내 삶에 큰 변화이다. 어디서 이렇게 우아하고 요염한 두 얼굴의 미리내(Milky way)를 또 만날 수 있을까. 손전등을 들어 천태만상(千態萬象)의 은하수를 가리키는 사진은 인생샷이 되었다.

우유니에서 가장 아름다운 순간은 노을의 끝자락과 별빛이 쏟아지는 시간이다. 일부 지역은 소금 사막으로 일부는 하늘과 사막의 경계가 없이 하늘이 반사되어 여행자의 마음을 사로잡았다. 해질녘 도착한 사막은 호수로 변하여 세계에서 제일 큰 거울이 되어 그 반영 사진이 일품이다.

포도주 한잔으로 분위기가 살아났다. 호수를 걷다가 의자에 올라가 사진 찍으며 넘어지지 않을까 걱정하는 사이에 노을이 사라졌다.

늦은 저녁을 먹으러 식당에 갔는데 주문한 라마 고기가 덜 익어서 나왔다. 나는 덜 익었다고 말하려는데 하지 말라고 한다. 놓고 가자니 아깝고, 말하자니 불편하여 빈 접시에 담아 놓았다. 이거 팔아서 얼마나 남는다고 그냥 넘어가자는 대장, 언제는 할 말은 당당히 하라고 하더니.

이거는 아닌데…

"계산할 때 아줌마 표정 안 좋은 것 봤어?"라며 나를 나무란다. 나는 잠시 시간 차이를 두고, 대꾸했다.

"원래 표정인 것 같은데?"

그렇게 우리는 우유니 사막에서도 티격태격했다. 싸우면서 건설하는데 이골이 난 우리 부부가 아니던가.

⑩ 파장머리

장이 끝났다.

모임이 끝났다.

어떤 이는 하루를 버티어 냈다는 기분이 들었을 것이고

어떤 이는 쉬고 싶은 시간이고

어떤 이에게는 내일을 준비하는 시간이다

중요한 것은 장이 끝나 하루를 마무리했다는 것이다

물건을 사는 사람 물건을 파는 사람 모두 집으로 돌아가는 시간이다

손수레에서 풀었던 보따리 다시 꽁꽁 여미는 시간이다

내일은 사는 자와 파는 자가 바뀔 수 있다

연극에서 일 장 이 장 여러 장이 지나면 막이 바뀌는 순간
이 온다.
다음 막에서 배역이 바뀌는 것처럼
무대 위의 배경이 바뀐다.
사는 자와 파는 자가 바뀔 수 있는 파장의 묘미

해가 저만큼 물러나 있고
장꾼들은 쌈짓돈 털어 시름을 마신다.

⑪ 생각의 차이

대장은 약자에게는 약하고 강자에게는 강해야 함을 언급
하면서 시장터에서 좌판을 벌이는 사람들에게 작은 돈으로
다투지 말라고 한다.
보따리를 머리에 이고 온 아주머니는 밤을 팔고 있었다.
내가 덤을 달라고 하자 대장은 눈짓으로 고개를 흔든다. 대
장은 라파즈 공원 아래 수많은 포장마차를 보고 형광등 불
빛 아래 몇 안 되는 물건을 놓고 파는 모습에 슬픔을 느꼈다
고 한다. 볼리비아 1볼은 우리 돈 200원인데 내가 시장에서

고구마, 토마토 한두 개를 넣었다가 빼는 모습을 보았나 보다. 부끄러웠다.

  모처럼 중국 음식점에 들러 매콤한 동양 음식을 먹으니 입술 주변이 얼얼한 것이, 제대로 먹은 것 같다. 이들의 매운 맛 피칸테는 고추의 알싸한 맛도 따라오지 못한다. 추워서 히터를 틀어 달라고 했더니 사내아이들 둘이 먼저 히터 앞으로 모여들었다. 아이들도 추웠으나 부모가 자주 틀어주지 않은 것이다. 사내아이들에게 사탕값을 주겠다기에 굳이 그럴 필요? 라는 나와 달리 기어이 주고야 마는 대장.

  장기 여행의 매력은 현재 생활과 단절되어 온전히 나에게 집중할 수 있는 시간에 있다.

중남미는 시각적으로 자극과 영감을 주어 날 춤추게 한다. 대자연 여행의 끝판왕으로 지구를 축약해 놓은 아타카마사막과 우유니 소금사막, 모레노빙하, 세계 3대라는 이구아수폭포, 세계 3대 호수인 아티틀란 호수와 티티카카 호수까지 압도적인 풍경에 반하지 않을 수 없다.

모든 게 낯설고 처음이나 실수해도 괜찮은 길 위에 서 있는 대장과 나. 우리에게 남겨진 오 십여 일이 아득하기만 한데, 우린 귀국 후 또 차박을 꿈꾼다.

칠레

① 칠레 아타카마 사막

칠레는 긴 지형 속에서 자원경제와 비교적 안정된 민주주의가 결합된 남미의 태평양 국가이다. 볼리비아 우유니에서 알티플라노 고원을 거쳐 칠레 아타카마 사막까지 새벽부터 버스로 이동하였다. 칠레로 넘어오는 순간 여태 흙길이었던 도로가 시멘트로 포장되어 급격히 좋아지고 해발 고도도 점점 내려가면서 몸이 가벼워지고 숨쉬기도 한결 편해졌다. 이제는 고산병 위험에서 벗어났다.

칠레 국경에서 토마토를 빼앗겼다.

칠레와 볼리비아는 국가 간의 감정이 안 좋다 보니 국경 통과할 때 세관 검사가 여간 까다로운 것이 아니다. 이들의 검역은 농산물 특히 생물은 반입이 안 되고 익히거나 조리된 식품은 간혹 통과되기도 한다. 나는 농산물이 없다는 칸에 표시했기에 입국 통과 용지를 다시 써야했다. 국경을 통과한 후

점심 식사로 어제 만든 샌드위치와 포도주를 한잔 곁들이니 고원을 벗어났다는 안도감과 함께 몸도 맘도 따뜻해졌다.

세계 3대 사막은 사하라, 고비, 아타카마 사막이다.

그중 아타카마 사막은 세계에서 가장 건조한 사막으로 칠레, 페루, 볼리비아, 아르헨티나에 걸쳐 있으나 대부분이 칠레에 속해 있다. 이 사막은 구리, 금, 은, 리튬 등이 묻혀 있는 노다지 땅이다. 칠레와 볼리비아가 반반씩 차지하고 있었으나 양국 간의 전쟁으로 칠레의 영토가 되었으며 볼리비아는 이 전쟁으로 해안선을 잃고 내륙 국가가 되었다.

아타카마 사막의 오아시스 같은 산페드로 데 아타카마라는 작은 마을에 도착했다.

방값을 계산하는데 일본인이냐고 묻는다. 한국인에게 일본인이냐고 물어보는 것은 칠레인에게, '너 볼리비아인이냐?'라고 물어보는 것과 같다고 말하니까 호스트가 박장대소한다. 자기네들에게는 한국인, 중국인, 일본인 구분이 어렵다는 것이다. 우리도 마찬가지이다. 페루인, 칠레인, 볼리비아인, 아르헨티나인을 전혀 구분 못 한다. 참고로 볼리비아는 남미 최빈국이다.

아타카마 사막에 가면 만날 수 있는 달의 계곡은 지형이 달의 표면을 닮아서 달의 계곡(Moon Valley)이라는 명칭이 붙었다. 실제로 우주탐사 로봇의 실험 장소로 이용되었으며 최근 몇백 년간 비가 거의 내리지 않았다고 한다.

달의 계곡이 국립공원으로 지정되자 이곳에 살았던 34개 부족의 원주민들을 강제 이주시키게 된다. 원주민들의 생업인 소금 광산이 폐쇄되자 원주민들이 밤에 몰래 소금을 캐가는 일이 발생한다. 이에 칠레 정부에서는 국립공원 입장료를 받아 원주민들의 의료 및 교육을 지원해서 이 문제를 해결했다. 달의 계곡은 오전 7시 이전에 가면 무료로 관람한다. 간혹 자전거를 이용하거나 도보 트레킹 여행자를 만날 수 있다.

우리는 가이드와 동행하였다. 달의 계곡에는 유명한 세 개의 성모상이 있었는데 몇 년 전 왼쪽 성모상에 기대 사진 찍던 관광객에 의해 성모상 하나가 부러지는 사건이 발생해서 현재는 두 성모상이 되었다. 한국 관광객의 유별난 사진 욕심이 떠올라, 혹시 한국인이 그랬냐고 물어보니, 가이드가 '이탈리안'이라고 말하면서 급히 입을 닫는다. 안심이다. 그 이후 지정된 길로만 다니며 달의 계곡을 감상하게 되었다고 한다. 사람은 자기가 본 것만큼 안다. 볼리비아 달의 계곡을 보고 좋아했는데 칠레 아타카마 사막을 보고 나니 내가 얼마나 우물 안 개구리인지 깨달았다. 볼리비아의 라파즈 '달의 계곡'이 아기자기하고 여성적이라면, 칠레의 '달의 계곡'은 웅장하며 남성적이다. 일단 규모 면에서 비교할 수 없다. 이곳을 오지 않았다면 '달의 계곡'을 보았다고 말하기 부끄러울 뻔했다.

② 산페드로 데 아타카마 가는 길

저 멀리 보이는 고산의 봉우리는 만년설로 덮여 있다.
낮은 산은 가질 수 없는
높은 산임을 알려주는 머리 표식이다.

봉우리에 눈이 덮인 산은
최소 오천 미터 이상 고지대이다.
저 높은 곳은 순백의 지대이다.

내 머리도 하얗다.

그러나 모습만 백색이다.

속을 비워야 한다.

저 산을 닮아 깨끗이 비워내야 한다.

겉과 속이 순백으로 되어야 한다.

눈 덮인 봉우리가 하늘을 향해 날개를 펼친다.

우주의 고요함을 담은 거울처럼.

아타카마 사막

건조하고 뜨거운 태양 아래 얼굴에 달라붙는 모래 먼지

황폐한 사막을 지키는 것은 죽은 자들의 묘지뿐인데, 광활한

사막 한복판 작은 마을 오아시스 같은 간헐천 푸르른 나무 흙벽돌 집은 정겹기만 하네. 늙은 어미의 아늑한 자궁처럼 나그네들이 찾아와 쉬어가는 아타카마여.

③ 노천 온천

사막에서 노천 온천이라니, 마치 오아시스를 만난 것 같다.

아타카마 사막의 온천이 화산 지형이라 유황 성분이 함유되어 피부미용에 좋다면 튀르키예 파묵칼레 온천은 석회 성분을 함유하여 신경통에 좋다. 중남미 각국의 온천을 방문해서 즐겼는데, 칠레 아타카마 사막의 자연 풍광이 최고로 환상적이다. 맑고 투명한 물의 온도는 28~31°.

온천으로 가는 콜렉티보 안에서 산티아고에 사는 청년은 우리의 다음 여행지인 산티아고에 가면 여행객에게 터무니없는 바가지요금을 요구하는 택시보다 버스나 지하철을 탈 것을 권장하였다. 친절하기도 하지. 낯선 땅에서 다음날 가야 할 장소에 사는 친구를 만나서 정보를 얻은 우리는 운이 좋았다. 사십 년 동안 지도를 본 사람과의 동행이라 안심이 되기도 했다.

차 안에서 남미 음악에 엉덩이를 들썩이는 나와 친구들도 흥얼거리며 들떠있다.

　중남미에서 이 개월. 말은 못 해도 단어가 하나씩 들려와 피식 웃음이 나오네.

　칠레인의 운전 습관은 배울만 하다.

　갈림길에서 무조건 정지한 다음 천천히 움직인다.

　하얀 선이 그어져 있으면 보행자가 없어도 일단 멈추고 주변을 확인한 후 서행한다.

　칠레의 수도 산티아고에 가기 위해 칼라마 공항으로 택시를 타고 이동하였다. 택시 기사는 칠레인이 아닌 베네수엘라인으로 마두로 정권의 독재를 피해 칠레에 살고 있단다. 한국은 오늘 대통령 선거를 한다고 말하니까 좋은 분이 대통령이 되기를 바라는 마음으로 '애국가'를 틀어주어 뭉클하다.

집 떠나면 애국자가 되는가 보다. 기사님은 외국인 대 외국인으로 본인의 택시를 탄 고객에게 해당국 국가를 들어준단다. 우버 기사의 평가에 최고 점수를 주었다. 차량은 기아자동차 rio 4를 몰고 있다. 한국의 위상이 높아지네.

④ 칠레 산티아고의 파블로 네루다

여태까지 건조한 사막의 맑은 날을 대하다가 도착한 칠레 수도 산티아고의 하늘은 흐리고 우중충하다. 아타카마 사막은 해발 2,500m, 산티아고는 해발 400m라 온도 차가 크다.

꼬질꼬질 촌 아낙의 티를 벗고자 립스틱 짙게 바르고 눈을 크게 깜빡였다. 공항버스를 타고 전철로 환승을 하면서 지하철 노선도를 확인하느라 헤매고 있는 우리를 보고 한 청년이 다가와 자기와 같은 방향이라며 배낭을 들어주고 안내를 해준다.

하나님은 천사를 잊지 않고 보내주신다!

산티아고는 벌써 초겨울로 들어선 듯하다. 산티아고 대성당은 대통령궁과 가까운 아르마스 광장 맞은편에 세워져 있다. 이곳 성당의 특징은 무릎을 꿇고 기도하는 발 받침대가 없다는 점이다. 크기는 대규모를 자랑하나 스페인 지배 시기 만들어진 유럽 양식으로 역사는 그리 길지 않다.

도심에서 크록스 신발을 신고 다녀 예의가 없는 것 아닌가 했는데 대장은, "무슨 소리 하세요, 우리는 최대한 예의를 갖추고 있어요."라며 나를 안심시킨다.

칠레 여행을 한다면 북부 아타카마 사막을 보고 남부 파타고니아 지역으로 바로 내려갈 수 있지만 특별한 이유로 산티아고로 왔다. 바로 파블로 네루다의 흔적을 찾기 위해서다. 파블로 네루다는 20세기 중반에 활동한 시인이자 정치인으로 그의 작품은 사랑, 정치, 사회 등 다양한 주제를 다루고 있으며 정교한 언어와 상상력, 정서적 표현으로 유명하다. 그는 주로 자연의 아름다움과 인간의 감정을 묘사했다.

1971년 노벨문학상 수상자이다. 네루다의 집(La Chascona) 주변은 건물마다 색색의 그라피티가 화려하게 그려져 있고 젊은 아티스트들의 거주지로 한때 번성했으나 지금은 쇠락한 도시의 애잔함이 남아있다. 민중 예술의 거리 길 끝 파란색 집에는 네루다가 수집한 다양한 골동품과 시인의 서재, 개인물품이 있어 마치 그를 보는 듯했다.

"시가 내게로 왔다."

"시는 쓰는 이의 것이 아니라 읽는 이의 것이다."

"시인이 되고 싶다면 밖으로 나가 걸으며 생각하는 것부터 시작하라."

산티아고 시내에 머무는 내내 파블로 네루다를 그린 '우편배달부(IL POSTINO)'의 영화음악과 그의 말이 내 머릿속을 맴돌았다.

　네루다의 집을 방문한 후 산크리스토발 전망대로 이동한다. 길카페 여주인인가, 길가에 앉아 글을 쓰는 모습이 작가 같은 분위기이다. 그녀의 모습은 나에게 글쓰기의 영감과 자극을 주었다. 백 년 된 푸니쿨라를 타고 전망대에 올라 시가지를 내려다보니 시내가 온통 황사에 뒤덮인 잿빛 하늘이다. 저 멀리 건너편 안데스산맥의 만년설이 유난히 인상적이다.

　이곳에서도 경로 우대가 적용되어 반값 할인받았는데 이것이 마냥 좋아해야 하는 일인가 하는 의구심도 든다.

　배낭의 무게를 주체하지 못해 애먹고 살이 빠지는 듯하더니 시간이 지나니 배낭 무게가 가벼워졌고 뒷심이 생기며 이젠 제법 감당할 만하다. 군살 대신 여행 근육이 생긴 모양이다. 강한 햇빛에 노출된 피부는 나름대로 적응 중이다. 몸이 감당할 수 있는 만큼 이동 횟수를 줄이고 직선형으로 거리를 줄여나간다. 한 지역에 3~7일 머물며 장을 봐서 음식을 만들어 먹곤 했다.

집에서보다 더 잘 먹는다는 이 아이러니를 어찌할꼬?

⑤ 기억과 인권의 박물관

칠레 역사를 상기시키는 '기억과 인권의 박물관'에 왔다. 박물관의 주요 주제는 피노체트 군사독재 정권에 맞서 싸웠던 민중들의 항거 활동과 이후 민주화 희생자들의 발굴이다. 1973년~1990년까지 발생한 인권 침해 피해자들을 추모한다.

1970년 칠레 대통령 선거를 앞두고 사회당과 공산당은 좌파 진영의 분열은 승산이 없다고 판단한다. 공산당은 시인 파블로 네루다를 선출하고자 사회당과의 연합을 주장했으나, 반미 사회주의자 아옌데가 당선된다. 아옌데는 칠레 사회의 변혁에 평생을 바치고 좌파 진영에서 존경받는 지도자로 남았다. 현재의 칠레는 민주적인 정권에서 인권을 보장받게 해 주려고 노력하고 있음을 박물관을 통해 알 수 있었다. 평일인데도 학생들이 지도교사와 동행하여 박물관을 견학하는 숫자가 상당했다.

1800년대 지어진 칠레 중앙 수산시장을 찾았다. 스페인의

색감과 풍미를 담은 파에야는 해산물의 크기와 신선도, 맛이 일품이다. 파에야는 쌀과 고기, 해산물과 채소를 넣고 만든 스페인의 요리로 사프란이 들어가서 노란색을 띤다. 중세 시대 쌀이 유입되면서 시작하였다고 한다. 오랜만에 현지 전통 음식을 기억나리만큼 맛있게 즐겼다.

⑥ 파타고니아

파타고니아는 남미 남쪽 끝에서 남북으로 길게 뻗어 안데스산맥을 경계로 서쪽은 칠레 북쪽은 아르헨티나에 속한다. 두 국가가 공유하는 자연이 만들어 낸 거대한 예술 작품 같다. 끝없는 빙하, 맑은 호수, 높은 봉우리, 세찬 바람과 흔들리는 초원까지 어느 곳을 보아도 감탄스러운 풍광뿐이다. 파타고니아의 명칭은 마젤란 원정대가 거인족이라 묘사한 파타곤(Patagon)에서 유래한다. 거인 파타곤을 만나 파타고니아라고 이름을 지었다더니 그 말이 맞는 것 같다. 아즈텍 마야인과 잉카인의 체격이 작았다면 칠레 이후로는 갑자기 이들의 체격이 우람해졌다. 칠레 파타고니아가 안데스에서 흐르는 빙하의 침식작용으로 복잡한 해안선과 산악지형을 이루었다면, 아르헨티나 파타고니아는 지리적으로 건조하고 넓은 고원이 특징이다.

이 지역은 지형적 영향으로 칠레와 아르헨티나를 넘나들며 여행할 수밖에 없었다. 칠레 수도 산티아고에서 출발하여 푼타아레나스로 이동한 후 푸에르토 나탈레스를 지나 아르헨티나의 엘 칼라파테로 넘어가 페리토 모레노 빙하를 본 후 다시 푼타아레나스로 복귀하였다. 이후 아르헨티나 우수아이아로 이동하여 비글 해협을 보고 부에노스아이레스로 이동하여 여행을 이어갔다.

⑦ 푼타아레나스

산티아고 공항에서 항공편으로 푼타아레나스로 이동하였다. 항공권을 '환불 불가' 저가 항공권으로 끊다 보니 중간에

있는 바릴로체를 못 갔다. 남미 여행자라면 꼭 들른다는 바릴
로체를 패스하고 떠나는 마음이 못내 아쉽기만 할 뿐이다.

칠레는 길이가 긴 나라로 북부는 아타카마 사막에서 리튬
이 생산되고 남부의 푼타아레나스는 남극으로 가는 전초기
지 역할을 한다. 또한 푼타아레나스는 남대서양에서 남태평
양으로 가는 마젤란 해협에 있는 항구이다. 파나마해협이 개
통되기 전에는 대서양에서 태평양으로 나아가는 길목으로
번창했으나 파나마 운하가 개통된 이후로 쇠퇴하였다가 지
금은 남극 개발의 전진 기지는 물론 남극으로 진입하는 관문
역할로 다시 일어서고 있다. 초저녁에 항구 밖 저 멀리 정박
해 있는 선박들과 마젤란 해협 풍경을 보러 나갔다.

검푸름이 끝없어 어디가 바다이고 하늘인지 경계가 사라진 마젤란 해협. 시계탑 밑에서 한동안 앉았다가 입 돌아갈 뻔했다. 은근히 깊고 진한 추위가 마중 나온 것이다.

"티에네스 꼬시나 뿌에데 에야 꼬시나르 엔라 꼬시나?"

(부엌이 있나요? 우리가 사용할 수 있나요?) 숙소 선정에 필수 질문이다.

푼타아레나스 '카사 바이크' 민박집의 작은 창가로 햇살이 번진다.

⑧ 안데스 케이크

푸에르토몬트에서 푼타아레나스로 가는 비행기 좌측 창문가는 정상에 만년설을 두르고 있는 안데스산맥의 연봉을 쉴 새 없이 보여준다. 유년 시절 동경 속에 보았던 하얀 크림을 뿌려 놓은 케이크가 나를 반기듯 저 하늘 아래 진열되어 북쪽에서 비추는 햇빛을 받아 달콤하게 반짝인다.

십여 년 전 이탈리아 밀라노에 갈 때 보았던 어스름한 해질 무렵의 알프스산맥의 연봉들과는 다른 매력이다. 알프스가 조그마한 산촌마을 전구색 불빛으로 인해 문명적이고 유럽의 느낌이라면, 안데스는 규모 면에서 남미스러운 원시적 날 것의 비문명적인 모습으로 성큼 다가왔다.

⑨ 이정표

전망대를 향하다가 이정표를 만났다. 표지판은 우리가 지나온 방향을 알려주며 진취적 의지를 북돋운다.

남들이 가지 않는 길

아문센과 새클턴 탐험가들이 지향했던 길로 나아가야 한다. 이미 지나간 사람들이 있으나, 인생의 가치 있는 일을 위해 새로운 방향으로 가야 한다. 미지의 남극 탐험의 역사는 노르웨이 탐험가 아문센과 영국의 스콧으로부터 시작된다.

마젤란, 로알 아문센, 로버트 스콧, 어니스트 새클턴, 이들을 관통하는 주제는 용기와 도전이 아닐까?

아문센은 인류 최초로 남극과 북극점을 탐험하기 위해 선장 면허를 취득했다. 그는 원주민의 조언으로 개 썰매를 타고 단 한 명의 부하도 잃지 않고 남극점에 도달한다. 정반대로 스콧은 썰매와 말에 물자를 실었으나 강추위와 식량 부족으로 부하 전원이 사망한다. 그래도 스콧이 여정을 기록했던 탐험 일기는 후대의 남극 연구자들에게 큰 도움을 주었다. 새클턴은 비록 남극 정복에는 실패했으나 냉혹한 자연에서 빠른 판단력으로 대원 전원이 생존한다.

'죽은 사자보다 산 당나귀가 낫다.'는 격언이 있다.

원대한 꿈을 품고 미지의 세계를 개척하려고 스페인에서 출발한 마젤란(1480~1521)은 푼타아레나스에 도착하였고,

그 후 푼타아레나스는 희망과 용기의 장소가 되었다. 마젤란은 자기가 지나온 해협을 마젤란 해협이라고 명명한다. 마젤란은 1521년 필리핀 섬에 도착하여 기독교를 전파하다가 41세에 사망한다. 목숨을 건 탐험에서 성공할 수도 있고 실패할 수도 있지만, 그래도 후세 사람들이 성공한 사람들의 이름만을 기억하는 것을 보면 '사자와 당나귀'의 비유가 적절한 것도 같다.

⑩ 사라 브라운

칠레 푼타아레나스에 있는 시립 사라 브라운 공동묘지는 CNN이 인정한 세계적으로 아름다운 공동묘지이다. 1894년 개관되어 2012년 칠레 국립 기념물로 지정된 묘지에는 푼타아레나스의 역사에 관련된 인물들이 묻혔다. 이 묘지는 각 집안의 가풍, 종교, 문화적 특성을 살려서 마치 사람이 사는 것처럼 정원도 예쁘게 가꾸어져 있다. 마을 안의 또 다른 공원처럼 산책할 수 있으며 입장료가 없다. 둥글둥글하고 거대한 토피어리 나무 가득한 묘지는 구획 별로 정리되어 있는데, 공원은 거대하고 웅장한 묘지부터 아파트식 납골당 등 다양하다. 죽으면 한 줌의 재로 돌아갈 텐데 죽어서 묘를 꾸미는 것이 어떤 의미가 있을까?

　살아서도 죽어서도 빈부격차가 있는 공동묘지를 보았다.

　사라 브라운 개인 소유의 저택은 1894년 지어졌으며 2층 대리석 계단과 원형으로 뚫린 공간이 독특하다. 그녀가 죽은 뒤 지금은 박물관, 호텔, 레스토랑으로 운영되고 있다. 남극 탐험가 섀클턴이 고택에 방문하는 모습이 스케치로 남아있다.

　아르마스 광장에 세워진 원주민 동상을 만지면 이곳에 다시 온다는 전설이 유명해져 동상의 발이 황금색으로 반질반질하다.

　길을 걷다가 앞서가는 저 사람들 우리보다 젊어 보이는데 내가 기어코 궁금증을 참지 못하고 물었다.

"저 실례지만 연세가 어떻게 되세요?"

"68세 입니다."

"저희는 65세인데 정말 젊어 보이시네요."

부부는 젊어 보인다는 말에 과하게 좋아한다. 동서고금을 가리지 않고 젊음은 무조건 좋은 모양이다.

남미 아래 지방은 아침이 되어도 어두컴컴한 흑야(黑夜)가 계속되는 날이 많다. 비가 그치기를 기다려 시내로 나가다가 대형 마트를 만나니 가던 길을 멈추고 눈이 휘둥그레졌다. 식품과 먹거리를 사서 우버를 불렀다. 먹으려고 여행 왔나?

급변하는 날씨는 종잡을 수 없이 심술꾸러기 변덕쟁이라

아침은 늦어진다. 짐을 꾸리는데 고어텍스를 맨 위에 넣길래 그 자리는 먹거리인데 했더니 비 오면 바로 꺼내 입으려 했다고 말한다. 대장의 예측대로 추적추적 내리는 빗소리를 들으며 버스에 올랐다. 터미널 도착과 함께 며칠 뒤의 우수아이아 표를 끊었다. 발을 뻗을 수 있는 맨 앞자리가 최고이다. 비행기 표도 끊었으니 이젠 마음에 여유가 생겼다. 열흘 간의 파타고니아 국립공원 여행을 위해 푸에르토 나탈레스로 올라왔다. 잠을 설쳐서 입맛이 쓴가 했는데 새벽에 엠빠나다 치즈 빵에 예거를 마신 탓이다.

토레스 델 파이네 풀 투어를 거금 30만 원에 예약하고 숙소 뒤편 태평양과 통하는 호수로 나가니 일몰이 장관이다.

⑪ 사진 속의 사진

여행 속의 여행이다
코트 안의 포켓이다

푼타아레나스를 거점으로
파타고니아 여행 중
토레스 델 파이네
페리토 모레노 빙하

피츠로이
엘 칼라파테

한 번 더 덖은 녹차의 맛
한 번 더 걸러낸 삼양주의 맛
한 번 더 볶은 콜롬비아 짙은 커피 향이다.

인생 속의 인생
생각 속의 생각

꿈속의 꿈이다.

그대와 함께 떠나온
파타고니아

토레스 델 파이네는 '창백하고 푸른 거탑'이라는 뜻으로
통푸른 빛이 감도는 하늘과 호수와 산이 온통 옥빛이다. 심
지어 햇빛도 적도의 밝은 태양이 아닌 푸른 빛이 섞인 느낌
이다. 토레스 델 파이네는 동서남북 다양한 각도와 앞뒤에서
보는 느낌이 모두 다르다. 빙하가 녹아서 만들어진 옥빛의
라르고 호수는 바라보기만 해도 영감이 저절로 떠오르는 듯

하다. 호수 주변의 산과 풀, 나무들이 한 폭의 그림을 연상케
한다.

투어 차량은 토레스 델 파이네를 중심으로 운행하며 뷰
포인트에서 사진 찍을 기회를 준다. 이곳의 트레킹은 아름답
기로 유명하고 에메랄드빛 호수와 산 정상에 있는 만년설은
탄성을 자아내기에 충분했다. 잔잔한 호수의 일출과 반영된
삼봉은 말이 필요 없이 환상이다. 직접 와 보지 않으면 느낄
수 없는 토레스 델 파이네 올 데이 투어는 버스 터미널이나
여행사에서 신청할 수 있다.

칠레에서 아르헨티나 국경을 넘어 엘 칼라파테로 향하
는 평원에 눈이 쌓여있다. 엘 칼라파테는 아르헨티나 파타
고니아 아르헨티노 호수에 있는 작은 마을로 로스 글레시아
레스 국립공원을 관광하기 위한 도시이며 페리토 모레노 빙
하의 거점이다. 빙하 트레킹은 65세 나이 제한이 있기도 하
지만 제한에 걸렸다고 생각하니 아쉬웠다. TV 매체로 접했
던 남미. 평생 한 번 오기도 힘든 지구 반대편, 나 자신이 속
으로도 놀라고 '과연 이곳에 온 것이 맞나?'하면서 입으로도
중얼거린다. 우리가 정말 여기까지 왔구나. 북쪽 끝에도 가
보고 남쪽 끝에도 오다니, 우리 대단하다고 서로에게 칭찬해
주었다.

⑫ 페리토 모레노 빙하

새벽에 비가 내려서 안개에 가렸던 빙하의 모습이 보일 듯 말 듯 숨바꼭질을 시작하며 애간장을 태운다. 아르헨티나 빙하는 세계에서 가장 아름다운 빙하로 유네스코 세계 문화유산으로 지정되었으며, 빙하의 길이는 35km 높이는 70m 폭은 5km에 달한다. 안데스산맥 동쪽 아르헨티나 로스 글라시아레스 국립공원에 있다. 호수는 하늘 비취색으로 아르헨티나의 국기 색과 닮았다.

얼음은 투명한데 빙하는 왜 푸른색일까?

빙하는 눈이 얼음이 되고 압축하는 과정에서 투명도가 높아질 때 붉은빛은 흡수하고 푸른빛은 반사한다고 한다. 태양광이 빙하를 통과할 때 푸른빛은 반사해서 우리 눈에 파랗게 비치는 것이라고 한다.

페리토 모레노 빙하는 지구 온난화로 줄어드는 다른 빙하와 달리 수증기가 얼어서 만들어지므로 마지막 빙하로 남을 가능성이 높다. 하루에 2~3미터씩 움직여 '살아있는 빙하'로도 불린단다. 1만 년 전부터 지금까지 빙하가 만들어지면서 안쪽에서 바깥쪽으로 계속 얼음을 밀어내면서 마치 천둥치 듯 굉음을 울리며 무너져 내린다. 사람들은 환타스틱! 어메이징! 뷰티플!을 연발하며 멀리서 얼음 조각이었던 빙하가 가까이 다가올수록 그 거대함에 놀라움을 금치 못한다.

빙하로서의 마지막이자 유빙으로서의 첫 시작의 큰 울음소리는 남미의 또 다른 경이로움으로 다가선다.

페리토 모레노 빙하를 우리와 동행한 중국 후난대 여교수는 콧소리를 내며 다음 여행지 엘찰텐도 함께 하자고 계속 어필한다. 대장은 중국어와 영어로 그녀와 막힘없이 소통한다. 그러나 나는 이 상황이 결코 즐겁지 않았다. 다른 친구들은 거부감이 없었는데 이 중국 교수는 너무 적극적이라 그런지 나의 에너지는 빠르게 소진되었고, 그녀를 신경 쓰다 안압이 높아져 안약을 넣을 지경에 이르렀다. 엘찰텐 안 가고말지 그녀와 엮이기 싫었다. 나는 입술을 닫고 고구마를 삶았다. 사람들의 목소리가 잡음으로 들려왔다.

⑬ 눈치

    고도도 오르막 내리막 산길도 아닌 아르헨티노 호수 외곽을 세 시간째 걷다 보니 수술한 발이 저렸다. 앞서가던 대장은 발걸음 기척이 안 느껴지는지 뒤를 돌아보다 순간 멈칫하는가 싶더니 가던 길을 마저 걸어간다.

"나갈거야? 안 나가면 나 혼자 나간다."

"나가자고 말 안 했는데."

    표정을 감추는데는 선글라스가 최고인데 문제는 흐린 날씨였다. 앞이 어두워 하마터면 엎어질 뻔했다. 나는 빠른 동작으로 선글라스를 벗고 호주머니 속에 있는 누룽지를 꺼내

와그작 씹으며 그의 카메라 반경 안으로 들어가지 않으려고 멀찍이 떨어져 걸었다. 입술을 열면 입안에 맴돌던 숱한 단어들이 쏟아질 것만 같았다. 나는 종종 멈추어 글을 썼기에 거리가 멀어졌음에도 의식하지 않았으나 간혹 전봇대 사이로 대장이 보이지 않으면 고개를 내밀어 전방을 살폈다. 검정 개 한 마리가 대장에게 다가가니 그는 개의 머리를 쓰다듬어 준다. 아마도 마음을 다스리는 모양이다.

눈치가 빠른 검정 개는 그와 내가 동지라는 사실을 알고 있었다. 대장은 정말로 눈치가 없다. 오늘 같은 날 밖에서 외식하면 답답한 기분도 해소되고 식사를 준비하는 수고를 하지 않을 텐데, 마트 앞에서 필요한 것이 뭐냐고 묻기에 먹고 싶은 것을 사라고 하니까 숙소에 뭐가 있는지 몰라서 묻는 거란다. 그는 포도주를 나는 온갖 채소와 과일을 사서 양파를 누렇게 볶다가 감자와 홍합을 섞어 수프를 끓였다.

머리에 문제가 있는 나는 건망증이 심하다. 총을 많이 쏜 대장은 귀에 문제가 있어 작은 소리를 잘 못 듣는다. 머리와 귀에 문제가 있는 나와 대장은 오해가 생기면 말을 줄이거나 앞뒤로 따로 걷는다. 숙소를 구하고 표를 예매하고 여행지를 알아보는 것은 쉬운 일이 아니다. 더구나 60대의 부부에게랴.

아르헨티나의 엘 칼라파테에서 칠레 푼타아레나스로 복귀하는 새벽 버스에 오른다. 황량하고 척박한 땅에 펼쳐진 옥빛 호수에 띠를 띤 구름이 산과 빙하 사이에 걸쳐진 모습이 장관이다. 세계에서 가장 길다는 아르헨티나 RUTA 40번 도로를 달리는데 저 멀리서 동이 터 온다. 아르헨티나와 칠레의 나라 관계를 보여주듯 볼리비아 출국 칠레 입국과는 크게 차이가 날 정도로 세관 검사가 설렁설렁하다. 아르헨티나 도로가 울퉁불퉁하고 좁은 길이라면 국경을 통과한 칠레 도로는 반듯하게 뻗어 있다.

안 아프다고 입술로 방정 떨었더니 그날 밤 끙끙 앓았다. 면역력이 떨어졌는지 입술 주변과 손등 발가락 사이에 두드러기처럼 옹기종기 수포가 올라와 긁으면 물집이 터질까 조심스레 피부를 달랜다. 처음에는 대상포진일까? 수두일까?

알쏭달쏭하다가 수족구라 다행이었다. 병원에 갔다가 전염병으로 격리당하면 다음 일정에 차질이 생길까 봐 미리 준비한 만병통치약을 입에 털어 넣었다. 덕분에 쉬면서 배낭을 재정비한다.

푼타아레나스 시내를 관통하여 남대서양으로 힘차게 흐르는 'Rio de Las Minas'는 '광산의 강'이라는 뜻이다. 좋은 기운을 받아서 우수아이아에서 광맥 찾기. 우리들의 보급 창고와 영적인 휴식 장소. 남극 여행으로 다시 만나기를 소망한다.

푼타아레나스까지 내려와서 보니 남극 여행에 대한 꿈이

다시 부풀어 오른다. 지금 당장 실행하지 못해도 6행 시로
마음을 달래고 전의를 가다듬는다.

푼 • 푼푼이 여행경비 모아

타 • 타야 한다. 남극 크루즈

아 • 아름다운 남극을 봅시다

레 • 레저 중에 최고

나 • 나와 당신이 한 번 더 함께

스 • 스위트한 남극 여행!

⑭ 에스프레소

잔이 이뻐서
손과 마음이 이뻐서
그 옆으로 흐르는 이문세의 노래가 좋아서

차이나 블루 띠는 돈 맥클린의
빈센트를 떠올리게 하고

백옥 빛 그 몸은
당신의 얼굴을 떠올리게 하네

또한 그 뜨거움은
타히티의 천경자를

그리고,
푼타아레나스가 좋아서

⑮ 여행은 변수

눈은 보아도 족함이 없는 법, 마음으로 쉬고 몸으로 느끼는 여행 중이다. 푼타아레나스에서 티에라 델 푸에고 섬으로 가는 배에 우리가 타고 온 버스가 실려 있다. 오백 년 전 마젤란이 보았을 풍경 속으로 들어와 페리로 건너는 마젤란 해협. 버스로 12시간 이동하여 페리로 환승 후 다른 버스로 갈아탈 예정이다. 소소하게 재미있는 중남미 여행을 즐기다 보니 지루할 틈이 없었다.

삶이란 한 치 앞을 알 수 없는 것. 칠레 터미널에서 티켓을 판매하면서 리오그란데에서 환승 버스가 연결이 안 된 것은 직원의 실수였다. 콜렉티보는 15인승인데 우리를 포함한 네 명은 6시간을 기다려 밤차를 타야 했다. 12시간 이동에 버스, 배, 국경을 통과하며 지루하지 않고 소소하게 재미가 있다고 즐거워했는데 이 무슨 난리란 말인가.

일단 대서양 앞바다로 나갔다. 남미의 땅끝마을 우수아이아에 도착하면 밤 12시가 다 되어갈 텐데 밤길이 위험하지 않은지 대장은 직원에게 몇 번을 확인한다. 다행히도 터미널 직원 이그나시오가 우리를 다른 버스터미널로 데려다주었고 콜렉티보 운전기사는 우리를 우수아이아 숙소 앞에 내려주었다. 이메일을 늦게 확인한 홈스테이 주인이 차 소리를 듣고 현관 불을 밝혔다.

배낭을 정리하니 새벽 두 시.

아침을 맞이한 홈스테이 거실에서 바라보이는 풍경이 비글 해협이다.

이주의 서사

아르헨티나, 브라질

(3)

Narrative of Migration

아르헨티나

① Ruta 40과 체 게바라

아르헨티나는 남미에서 가장 유럽문화를 많이 가진 국가
이자, 잠재력과 구조적 경제 불안이 공존하는 나라이다. 아
르헨티나를 남북으로 잇는 'Ruta 40' 도로는 총 5,244km로
미국의 '루트 66', 호주의 '스튜어트 하이웨이'와 더불어 세
계에서 가장 긴 고속도로 중 하나이다. 이 도로는 볼리비아
국경에서 시작하여 안데스산맥과 평행하게 리오가예고스까
지 이어지며 아래로는 바릴로체와 엘 칼라파테 사이의 파타
고니아까지 이어진다.

영화 '모터싸이클 다이어리(2004)'에서 젊은 체 게바라가
오토바이를 타고 달리는 'Ruta 40' 도로가 등장하고 영화는
여행의 힘, 공감, 사회의 정의와 변혁의 필요성을 전달하려고
한다. 남미의 안데스산맥, 아마존강, 페루의 마추픽추 등 숨
이 막히도록 아름다운 자연 풍광과 문화, 사람들의 따뜻함도

담았다.

부에노스아이레스 대학에서 의학을 공부하던 체 게바라는 1951년 친구 알베르토와 모터싸이클을 타고 남미대륙을 횡단하는 여정에서 라틴 아메리카 전역에 퍼져 있는 노동 착취, 빈부 격차, 사회적 불평등을 보며 충격을 받는다. 그는 멕시코에서 피델 카스트로와 합류하여 쿠바 혁명에 성공한 후 볼리비아에서 CIA에 의해 참혹하게 살해되었다. 그의 나이 39세 때였다.

중남미 여행기를 기록하면서 국경과 세대를 넘어 저항의 상징이 된 체 게바라를 빼놓을 수 없는 이유는, 그가 아르헨티나인이었으나 쿠바인 에콰도르인 페루인이었고, 볼리비아인으로 진정한 세계인이었기 때문이리라. 그는 '누군가 고통당하고 있다면 진심으로 슬퍼하는 사람이 되라.'는 마지막 편지를 자녀들에게 남겼다. 체 게바라의 개인적인 꿈과 이상은 숭고하지만 결국 사회주의 혁명이란 태생적 한계를 갖고 있기 마련이다.

② 땅끝마을 우수아이아

남미 사람들은 이곳을 핀 델 문도, '세상의 끝'이라고 부른다. 우수아이아 항구 초입에 'Ushuaia fin del mundo'라고

쓰여 있는 표지판이 설치되어 있어 우수아이아 방문자들에게는 필수 포토 스폿이 되고 있다. 이곳은 칠레 푼타아레나스와 함께 남극으로 떠나는 거점으로 겨울이 유난히 길고 추운 지역이다.

우수아이아는 세상 끝 외진 곳이라는 독특한 지형 때문에 범죄자를 수용하는 장소에 불과했으나 현재는 남극을 가지 않고 펭귄을 볼 수 있는 신비로운 마을로 변모하였다. 우수아이아가 우리나라 제주도처럼 유배지나 감옥으로 사용된 이유는 앞은 비글 해협이고 뒤는 높은 산이라 누구도 쉽게 도망갈 수 없는 오지였기 때문이다.

1902년 정치범과 흉악범들을 수용하기 위해 감옥을 만든 것이 유래가 되어 우수아이아 도시가 만들어졌다. 그러나 1948년 우수아이아 감옥은 폐쇄되어 지금은 지역 생태계를

연구하는 해양 박물관과 발견 당시 수감자들의 감옥 생활을 보여주는 감옥박물관으로 사용되고 있다. 우수아이아에는 산에서 캔 나무를 운반하기 위해 수감자들이 철로를 깔고 기차를 설치하였으나, 감옥이 문을 닫으면서 현재는 관광 목적으로 복원하여 기차를 타고 파타고니아 산과 강 폭포를 관람할 수 있다.

버스에 올라 교통카드를 대니 인식이 안 된다.

당황해서 돈으로 내리려고 하자 버스기사는 돈은 안 받는다고 하며 교통카드로 하라고 한다. 몇 번의 시도에도 실패하자 그냥 타라고 한다. 말은 잘 안 통하고 교통카드는 간간이 속을 썩인다. 돌아올 때도 마찬가지로 교통카드가 인식이 잘 안되어 헤매는데 우리 뒤에 있는 현지인이 대신 카드를 대주면서 씩 웃는다.

"페론주의자는 항상 구원받는다."

우리를 페론주의자로 본 것인지, 또는 우리에게 페론주의자가 되라고 한 것인지는 모르겠으나, 어쨌든 고마운 일이다.

페론주의자는 한마디로 정의 내리기는 쉽지 않으나 후안 페론 전 대통령과 그의 정책 이념을 계승하거나 지지하는 인물로 중앙집권적 국가 운영과 대중 중심 정책 포퓰리즘을 그 특징으로 한다.

③ 영화 에비타 그리고 에바 페론

우수아이아 중앙통 조그만 광장에 후안 페론과 에바 페론의 상반신 환조가 보인다. 이들은 진정으로 에바 페론을 사랑했나 보다. 이곳 버스 정류장 이름도 에비타, 부에노스아이레스에 에바 페론 거리가 있고 메트로 역 이름도 에바 페론이 있다.

아르헨티나 여배우이자 영부인인 에바 페론은 영화 에비타(Evita)로 유명하다. 그녀는 빈민층 가정에서 태어나 국민의 성녀로 존경받았다. 마치 우리나라 1960~70년대 육영수 여사가 존경받는 것과도 흡사하다. 그러나 다른 한편에서는 그녀의 남편 후안 페론과 함께 아르헨티나 몰락의 단초라는 상반된 평가를 받는다. 악녀와 성녀 어디에 속하는지 시비가 엇갈린다. 부유한 자들의 창녀인가. 가난한 자들의 성녀인가.

박정희 대통령과 후안 페론 대통령은 군인 출신으로 집권하여 강력한 카리스마를 기반으로 한 통치 방식은 비슷했으나 정치적 기반과 경제 정책방향의 차이로 양국은 상반된 길을 걷게 된다. 박정희는 관료 조직과 경제 성과를 적극 지지한 국민을 기반으로 한 성장 중심, 수출 주도형 정책, 성장 후 분배를 통해 단기간에 고도 성장하여 국가 부강을 이루었다. 반면, 후안 페론은 노동자 빈민계층을 대상으로 한 분배

중심, 수입 대체 산업화 정책, 노동자 복지증진을 우선시한
포퓰리즘으로 국가의 장기적 경제침체가 왔고 그 여파는 현
재까지도 이어지고 있다.

육영수 여사와 에바 페론은 모두 퍼스트 레이디로 사회복
지에 지대한 영향을 미쳤다는 공통점이 있으나 많은 부분에
서 비교된다. 육영수 여사는 농촌 대지주 가문 출신의 교사
경력으로 아동 복지와 소외 계층을 지원하는 등 '침묵으로
영향력을 발휘'하고 검소한 이미지로 공식 직함 없이 남편을
내조했다. 반면, 에바 페론은 가난한 시골 사생아 출신의 배
우 경력으로 노동자와 빈민층 지원 등 대중적이고 화려한 이
미지로 '목소리로 권력'을 만들어 부통령 후보로 거론될 만
큼 막대한 정치적 영향력을 행사했다.

무덤이 유명 여행지가 되는 경우가 있다. 부에노스아이레스 리골레토 지역에 가면 에바 페론이 잠든 묘지가 있다. 그녀는 1952년 사망 이후 시신이 군부 쿠데타 등 정치적 혼란으로 수년간 도난, 은닉, 재이동을 겪고 최종적으로 후안 페론 가문의 묘실 안장 반대로 본인 두아르테 가문의 묘실에 안장된다. 유해 도난의 우려로 관은 지하 5m 깊이에 강철 철제문 이중 잠금으로 설치되어 있다고 전한다. 묘 자체는 주변 호화로운 묘에 비해 소박하나 항상 꽃과 리본이 놓여 있는 걸 보면 인기가 많은 묘임에 분명하다. 현재 리골레토 묘지에 묻히는 비용이 한화로 6억 원 정도인데 돈이 있어도 자리가 없어서 들어가지 못한다고 한다. 죽어서 넓은 정원과 거실이 있는 묘원에 묻히는 것이 무슨 의미가 있을까?

④ 비글 해협

칠레와 아르헨티나의 국경이 지나가는 비글 해협은 탐사선의 이름을 따온 해협이다. 비글호의 두 번째 항해에는 찰스 다윈이 참여한 것으로 유명하다. 비글 해협을 둘러싸고 아르헨티나와 칠레 간의 영토분쟁은 영국의 중재로 타협을 보았으나 영국이 일방적으로 칠레를 밀어주는 바람에 아르헨티나는 지금도 영국에 대한 악감정이 남아 있다고 한다.

칠레와 아르헨티나를 지나는 이곳은 사람의 손이 닿지 않는 동물들의 천국으로 갈매기, 바다제비, 바다사자, 펭귄 등이 서식한다.

영국의 해외 영토인 포클랜드 제도는 1982년 영국과 아르헨티나의 영토분쟁이 되었던 지역이다. 아르헨티나가 섬을 되찾으려고 공격했으나 영국군의 반격으로 패한 전쟁이다. 포클랜드는 비글 해협 동쪽에 위치하며 태평양과 대서양을 이어주는 역할을 하고 양털이 많이 생산된다. 내 땅 앞바다 섬이 영국이라는 사실을 부인하고 싶은 아르헨티나 국민의 심정도 이해할 만하다.

우수아이아는 폭설이 많이 내리기 때문에 제설차가 앞에

서 치워 주어야 버스가 운행한다. 우리가 머물고 있는 홈스
테이로 복귀하는데 택시 기사도 헤매는 길을 대장이 오른쪽,
왼쪽, 앞으로 쭈욱~ 하면서 스페인어 몇 마디로 집을 찾아온
게 신기했다. 숙소에 도착하자 주인댁 아들 친구들이 K-팝
에 맞추어 춤 연습하느라 모여서 북적이니 지구 반대편 땅끝
마을에서 K-팝의 유명세를 실감한다.

숙소 뒤편에는 일련의 산 무리가 병풍같이 둘러쳐져 있다.
그중 가파르고 정상 부위가 날카로운 타제 석기 비슷하게 생
긴 산은 큰 망치를 떠올리게 한다. 도로변의 철조망과 묘하
게 조화를 이루고 있는데, 동네 사람들 말로는 이곳이 옛날

유명한 감옥으로 죄수들의 강제 노역 장소였다고 한다.

　주변 풍광이 예뻐서 내 마음에 그 풍경의 색을 바르는 중이다. 오후의 하늘이 싱그럽고 하늘도 공기도 바다도 연한 비취색이다. 수족구가 수그러들었으나 가려움증을 견디어 내는 것이 쉽지 않다. 물집이 터질까 조심조심 수포 주변을 긁었더니 피부에 생채기가 났다.

⑤ 남반구의 하루

　해가 뒷산에서 뜬다.

열 시가 넘은 시각 어둠은 물러가고
손전등 도움 없이 걷는다.
해가 뒷산으로 진다.
오후 세 시
해는 벌써 하루를 갈무리한다.
남반구 끝에서는
아침에 해가 뜬 산 바로 옆 산으로 해가 떨어진다.
여행자도 아침에 먹다 남긴 포도주 반병
소고기 반 근으로 하루를 마무리한다.
세상의 끝 새로움의 시작 여기에서는
시작과 끝이 가깝다.
우수아이아.

⑥ 근심 우울이여 안녕!

우수아이아 날카로운 산봉우리를 뒤로 하고
둥글둥글 원만한 봉우리를 향한다.
남미 땅끝마을 이름 모를 땅에 파묻을 수도 있었지만
비글 해협에 마음속의 근심과 우울을 던졌다.

동쪽으로 가면 태평양, 서쪽으로 가면 대서양
어떤 조류를 타고 어디로 흘러갔는지 모르지만
바닷길을 따라서 떠나갔다.
태평양, 대서양 어디로 갔는지 나는 모른다.
근심 우울이여 안녕
그대와 나 새로운 길로 앞서거니 뒤서거니

우수아이아 항으로부터 약 1,000km 떨어진 곳에 남극이
있다. 6월의 남극은 겨울의 최정점일 것이다. 겨울이 되어
다른 동물들이 남극을 모두 떠날 때, 황제펭귄은 오히려 이
곳에 남아 번식을 시작한다. 암컷이 알을 낳으면 수컷은 자
기의 발등 위에 알을 올려서 키운다. 얼음 바닥에 떨어트리
면 영하 50°의 날씨에 2분 만에 알이 얼어버리기 때문에 걷
는 것도 조심조심, 뒤뚱뒤뚱한다. 수컷은 알을 품는 동안 아
무것도 먹지 못해 체중이 절반 가까이 준다고 한다. 혹한의

기온과 시속 200km의 눈 폭풍 블리자드(Blizzard)가 불어올
때 이들은 원형으로 서로의 몸을 밀착해 체온을 나누는 허들
링(Huddling)을 한다. 바람이 강해질수록 더욱 몸을 밀착하고
써클 안쪽 펭귄의 체온이 올라가면 밖으로 나가고 밖의 펭귄
이 안으로 들어와 질서 있는 순환을 한다. 이들의 뜨거운 부
성애와 가족애, 집단정신이 혹독한 남극의 겨울을 이겨내고
있다. 사람도 동물로부터 배워야 하는 이유이다.

⑦ 회귀

멕시코로부터 시작한 여정이 과테말라, 에콰도르, 페루, 볼리비아, 칠레, 아르헨티나 우수아이아까지 세상의 끝으로 내려갔던 남진(南進)을 멈추고 다시 북으로 회귀 중이다. 엘 칼라파테에서 우수아이아까지 21시간 버스로 이동했었는데 회귀하는 길을 또다시 버스로 이동하려니 엄두가 나질 않는다. 그래서 비행기로 이동하며 파타고니아를 하늘에서 보는 기회를 갖기로 했다.

토레스 델 파이네의 삼봉과 엘찰텐의 피츠로이를 공중에서 보는 것이 희망 사항이었는데 비행 방향이 달라 아득히 먼 거리에서 볼 수밖에 없어서 아쉬웠다. 한편으론 흰 눈을 머리에 이고 햇빛을 받아 반짝이는 파타고니아의 이름 모를

봉우리들과 이어지는 검푸른 숲을 본 것은 아쉬움을 달래기에 충분했다. 엘 칼라파테 인근 상공에서 바라본 보테 강은 파스텔 계열의 민트색으로 모레노 빙하에서 흘러내린 빙하수를 아르헨티노 호수로 나르고 있었다. 저 멀리 민트색의 밝고 청량함에 더해 박하 향이 주는 상쾌함과 청순함까지 전해오는 듯하다. 상트페테르부르크 성이삭 성당에서 보았던 녹색 대리석 기둥이 액체화되어 땅으로 흐르는 듯 느껴지기도 하였다.

엘 칼라파테에서 중간 기착하여 승객을 더 태운 비행기가 부에노스아이레스 비행장 활주로에 안전하게 진입하자 박수와 환호성이 터져 나왔다. 늦은 밤 비행기에서 본 아르헨티나의 수도 부에노스아이레스의 야경은 구스타프 클림트의 그림 '키스'의 금박 옷을 연상케 할 만큼 황홀하게 아름답다. 회귀하는 길에서 보고 떠오른 이러한 광경과 생각은 아무래도 세상의 끝 우수아이아에 근심과 우울을 모두 버리고 왔기 때문인가 보다.

⑧ 부에노스아이레스

우리는 강적이다.

무거운 배낭을 메고 야심한 시각에 버스를 두 번씩이나

갈아타고 숙소에 도착했다. 이스라엘 노부부가 운영하는 숙소는 도로변이라 소음은 조금 있지만 값이 저렴하고 친절하고 교통이 좋다는 장점이 있다. 그러나 숙소 내부가 미로 같고 우리가 묵는 2층에서 1층으로 내려가는 비상구가 보이지 않는 등 화재에 대한 안전 대비가 전혀 없었다.

"숙소에 화재가 발생하면 어떻게 하지요?"

"나의 방문을 두드리세요."

"???"

위험을 자초할 필요가 없다. 배낭을 다시 꾸려 바로 숙소를 옮겼다. 새로 옮긴 숙소는 유럽 스타일의 전형적인 게스트하우스였다. 유럽에서 온 젊은 여행객들이 많이 숙박하고 있었다. 무엇보다 1층이라 화재가 발생하면 바로 뛰어 나갈 수 있는 탁 트인 공간이 있어서 안심이다. 특히 부엌과 라운지가 연결되어 다른 친구들과 자유롭게 소통할 수 있고 잠이 오지 않을 때 나와서 쉴 수 있는 거실 공간이 좋았다. 거실 모퉁이에 세워진 낡은 기타가 반가웠는데 사십 년 만이라 그런지 코드가 기억나지 않는다.

여행 중 최장기간 열흘을 머물렀다.

수족구가 도져서 다시 약을 먹는다.

부에노스아이레스는 '좋은 공기'라는 뜻으로 아르헨티나의 문화 예술의 중심지이며, 탱고. 스테이크, 와인과 축구, 그리고 화려한 밤 문화로 유명하다. 그러나 일부 지저분한 길거리에는 노숙자가 있고 애완견과 산책하는 사람이 많아 걸을 때 발밑의 개똥을 조심해야 하는 불편이 있다. 모스크바와 마찬가지로 부에노스아이레스에도 100년 된 지하철이 있다.

부에노스아이레스 중심을 상징하는 오벨리스크(Obelisco)는 '뾰족한 끝'이라는 그리스어다. 오벨리스크는 스페인으로부터 독립을 기념하며 1936년에 세워졌다. 오벨리스크가 있는 도시로는 이집트 카이로, 에티오피아 악숨, 프랑스 파리, 바티칸 성 베드로 광장, 미국 워싱턴과 보스턴, 아르헨티나의 부에노스아이레스와 대한민국의 포항이 있다.

⑨ 라보카 지구

제일 먼저 '라보카 지구'에 찾아간다. 아르헨티나 최고팀 보카 주니어스 '타보르'의 홈구장으로 축구를 좋아하는 팬들에게 성지와 같은 곳이다. 1940년 지어졌으며 6만 명을 수용한다. 보카 주니어스는 이탈리아에서 이민 온 청년 5명이 창단한 축구 클럽으로 파란색과 노란색의 유니폼은 보카 항구에 정박한 스웨덴 선박의 국기에서 비롯되었다.

라보카(Laboca) 지구는 축구 외에도 탱고의 발상지로 유명하다. 과거 유럽에서 건너온 이민자들이 라보카 항구에 정착하여 고국에 대한 그리움과 향수를 춤으로 표현한 것이 탱고의 시초가 되었다. 라보카 항구 선원들의 지친 하루는 열정적이고 선정적인 탱고로 마무리되었다. 빈민가에서 처음

출발한 선정적인 탱고는 극장에서 상류층으로 번져나갔다. 이국적인 느낌을 주는 원색의 집과 거리마다 울려 퍼지는 탱고는 지금도 여행객의 발길을 흥겹게 한다.

카미니토는 '작은 거리'라는 뜻이다.

라보카 지구는 19세기 이탈리아 이민자들이 정착하여 항구 노동자로 일하던 곳이다. 가난한 노동자들이 조선소에서 버려진 페인트와 양철을 건물 부자재로 집을 짓고 원색을 칠하면서 카미니토 거리로 변신한다. 남자가 많고 상대적으로 여자가 적은 곳에서 노동자들은 선술집과 거리에서 춤을 추며 고향의 향수를 달랬다. 부두 노동자와 선원들이 떠나간 곳에 노천카페와 음식점이 들어섰다. 이 거리는 우범 지역이기도 하지만, 역설적으로 여행자들에게는 아르헨티나의 문화와 역사를 한눈에 볼 수 있는 관광 명소이기도 하다.

산 텔모와 라보카 항은 탱고의 도시이다. 유럽에서 건너온 이민자가 첫발을 디딘 이곳은 모든 교역의 중심이나, 이면에는 열악한 환경에서 살아가는 노동자들의 고뇌가 숨어 있다. 여행객과 시민들이 뒤섞인 길거리를 지나는 동양 여자는 탱고를 추는 댄서에게 쉽게 표적이 되었다. 내가 춤을 출 수 있을까? 라는 걱정과는 무관하게 나도 모르게 음악에 이끌리는 것은 기분 탓인가 발동작 몇 개 배우고 바로 실전으로 들어갔다. 처음으로 해보는 낯선 경험이 어색하지 않았다.

⑩ 아르헨티나의 탱고

아르헨티나 탱고는 19세기 말 부에노스아이레스로 이민 온 노동자들과 현지 문화의 결합으로 만들어진 작품이다. 가난한 노동자들이 일과 후 선술집에서 삶의 고통을 쏟아내는 과정에서 생긴 춤이 탱고이다. 유럽으로 건너간 탱고는 난잡한 춤에 예술성이 더해진 탱고로 재탄생한다. 탱고는 두 사람 간의 호흡과 소통이 중요하며 섬세한 발놀림이 특징이다. 낮보다 밤이 더 화려한 부에노스아이레스의 잠들지 않는 밤을 경험하려면 산니콜라스 지구에 몰려 있는 플로리다와 라바쎄 거리에서 탱고를 즐길 수 있는 극장과 레스토랑을 찾으면 된다.

탱고 공연을 보려고 식사를 제외한 관람 표를 끊고 밤 10시가 다 되어 입장했는데 운이 좋았는지 맨 앞자리 VVIP 자리에 앉게 되었다. 술에 취한 노동자가 객석에서 튀어나오며 술집에서 춤을 추는 장면부터 시작하는 공연에 80분이 언제 흘렀는지 모르게 몰입하였다. TANGO PORTENO 극장에 앉아 음악과 춤을 즐기는 나를 발견한다. 언제까지 K-팝과 가요만 고집할 건가? 탱고의 고장에서는 탱고도 알아야지.

길거리 무용수들은 탱고 춤의 동작을 몇 개 알려주고 사진 촬영 후 돈을 요구한다. 거절했으나 이들에게는 엄연한

직업이기에 이러한 행위 후에는 적당한 보수를 주어야 한다.

여행지에서 놓치지 않고 들르는 곳 중의 하나가 재래시장
이다. 시장은 나의 글쓰기에 영감을 주고 현지인들의 삶을
고스란히 느낄 수 있는 장소이기 때문이다. 부에노스아이레
스에는 세라노 광장 시장, 엔디스 벼룩시장, 레골레타 시장
등 십여 개의 시장이 있지만 그중에서도 산텔모 시장이 유명
하다. 이 시장은 시내 중심 5월의 광장에서 시작하여 데펜사
길을 따라 산마르틴 광장까지 이어지는데 주말마다 노천 시
장이 열리고 거리의 예술가들이 모여든다. 예술 수공예품부
터 생활용품과 앤티크까지 다양한 물품이 노점에 진열되어

있고 탱고, 버스킹 거리공연이 불쑥불쑥 펼쳐진다.

비가 추적추적 내리는 주말에 시내로 나가 산텔모 벼룩시장에 들렀다. 내리는 비에도 불구하고 현지인뿐만 아니라 많은 여행객으로 거리가 가득하다. 하지만 아쉽게도 짐을 줄이기로 맘먹은 상태라 눈요기로 만족해야 했다.

⑪ 남미 이주

남미 한인 이민사에서 아르헨티나는 중요한 국가 중 하나이다. 남미가 이민 유치에 적극적이었던 이유는 거대한 영토

에 비해 노동력이 부족하였기 때문이다. 한국인들은 1960년
대 초부터 멕시코, 브라질, 아르헨티나, 파라과이 등 국가로
진출하였다. 1960년대 초반, 한국은 사회 경제적으로 불안
한 시기였다. 혁명정부는 아르헨티나에 1965년부터 세 차례
에 걸쳐 본격적인 이민정책을 추진한다. 이주민들은 리오네
그로주 마르케 농장에 400ha, 즉 여의도의 1.5배 크기로 무
려 120만 평의 땅을 무상으로 제공받았다. 하지만 척박한 자
연환경과 기후에 적응하지 못하고 농업 정착에 실패하자 땅
을 회수당했다. 그래도 한인들은 끈질긴 생명력으로 언어 장
벽을 극복하고 이들의 문화를 익히며 계속 현지에 적응해 나
갔다. 이후 한인공동체는 외곽에서 도시로 이동하면서 봉제
의류업으로 전환하고 한인 학교를 세우며 성장한다.

1970~80년대 아르헨티나는 인플레이션, 노동자 파업, 군
사독재, 과다한 외채 등으로 인하여 정치 경제적으로 불안하
였다. 90년대 초반에 잠시 수출 확대, 정부 기업 민영화, 무
역 자유화, 환율 안정으로 경제가 성장한 적도 있었다. 그러
나 1990년 후반 아르헨티나는 국가적으로 외채 지불 정지를
선언하고 파산 상태가 지금까지 이어지고 있다. 이곳저곳으
로 흩어진 아르헨티나 한인들 역시도 엑소더스(Exodus)라고
부를 만큼 역이민과 재이주의 고통을 겪게 된다. 그들에게
역이민과 재이주는 정체성의 상실이라는 또 다른 고통을 동
반하였으리라.

파타고니아에 보름이나 있었는데 한인 이주지역에 못 가 본 것이 못내 아쉬움으로 남았다.

아르헨티나 이민 박물관이라고 찾아갔으나 박물관이라기 보다는 문서보관 시설에 가까웠다. 이민 사진 몇 장에 설명 도 부실하고, 그들이 타고 왔을 배 모형이 전부이다. 유럽 이 주민들이 부에노스아이레스 항구까지 들어오는 경위와 그 들이 어디로 흩어졌는지 그리고 어떻게 살았는지를 간단하 게 보여주고 있다.

레티로 산마르틴 광장 인근 기차역 앞에 영국 공원과 영 국 기념탑이 있다. 영국 독립 100주년을 기념하여 1910년 영국계 아르헨티나 이주민이 아르헨티나에 충성을 맹세하 는 의미로 영국 탑을 세웠으나. 포클랜드 전쟁 이후 공원 이 름은 공군 광장으로 바뀌고 영국 탑도 수난을 당했다고 한 다.

이주의 역사를 재확인하기 위해 세계 최초의 야외 보행자 박물관인 보카 지구의 카미니토 거리를 다시 방문했다. 거리 박물관은 1950년 부에노스아이레스에서 이탈리아 이민자를 기리기 위해 건축되었으며 화려한 원색과 건축 양식이 흥미 롭다. 보카 지구를 이해하고 다시 살펴보니 양철 벽들과 건 축 폐기물인 철근이 그제야 눈에 들어왔다. 원색 지구 외 세 블록은 폐건물이 많고 우범지역이라 가지 않는 것이 좋다.

이 거리는 실제와 가깝게 복원되어 거리에서 공연복을 입고 탱고를 추는 댄서들을 만날 수 있으며 항구와 거리 곳곳에 탱고 음악이 흘러나온다. 친숙한 동양인 여성 무용수가 날 보고 인사를 했다. 혹시 한국인가?

무용수의 화사한 표정과 몸의 곡선이 전체를 말해준다.

⑫ 코르푸스 크리스티 2025

마요 광장의 카사 로사다는 민주주의를 상징하는 국가 행정부의 중심지이다. 카사 로사다 핑크 하우스의 건축물은 신고전주의와 바로크 양식이 혼합된 건물로 이곳 발코니에서 이루어진 페론 대통령과 에바 페론의 연설로 유명하다.

마요 광장은 아르헨티나의 독립을 선언한 영광과 동시에 아픔을 간직한 역사적인 공간으로 여행자들의 발길을 붙잡는다. 광장 한 편에 아르헨티나 독립 영웅 마누엘 벨그라노의 동상과 그 옆에는 코로나로 숨진 가족을 추모하는 돌무더기가 있다.

마요 광장 옆 메트로폴리탄 대성당을 지나치는데 마침 그리스도의 성체 성혈 대축일(聖體 聖血 大祝日) 코르푸스 크리스티 행사가 열리고 있었다. 이 행사는 로마 전례에서 예수 그리스도의 몸과 피로 이루어진 성체 성사의 제정과 신비를 기념하는 대축일이다. 국교로 지정되지 않았으나 인구의 63%가 가톨릭인 만큼 열기가 대단하다.

대성당 앞 잔디밭에 앉아 치즈를 입에 넣고 혀로 녹이며 예거와 먹는 맛이 최고다. 취기가 적당히 오른 나와 달리 대장님의 표정은 진지하다. 여행자의 얕은 언어 수준으로 듣는 신부님의 설교는 달콤한 스페인어라 무슨 말인지 알 수 없으나 예수님이 당신을 사랑하신다는 이야기일 것이다. 지역 단체별로 온 듯한 미사 참가자들은 둥글게 모여 앉아서 각종 악기를 연주한다. 무슨 이유인지는 모르겠으나 연막탄을 계속 터트리며 환호성을 지른다. 좀전의 그 소란했던 이들이 언제 그랬냐는 듯 경건한 모습으로 미사에 참석하고 있다. 찬양이 울리며 헌금 상자를 들고 다니는 이들에게 사람들은 주머니를 연다.

서 있던 군중들은 시간이 지날수록 길바닥에 앉기 시작하고 각지에서 몰려든 신도들 틈에 끼어 있던 나는 불현듯 그녀가 떠올랐다. 바로 얼마 전에 암으로 세상을 떠난 동갑내기 시누이 이야기다. 늦깎이로 공부하는 나에게 좋은 옷 한 벌 사 주고 싶다는 그녀의 말은 곱씹을수록 고마웠다. 마지막으로 잡은 그녀의 손은 따스했고 그녀의 시선은 기품 있고 온화했다. 성당에서 봉사하던 그녀와 둘이 의정부 외곽에서 먹었던 만둣국, 장례식장에서 나도 모르게 통곡했던 일 등, 아픔과 통증이 없는 곳으로 떠나간 그녀를 떠올리며 남겨진 이들을 위해 기도한다.

그곳은 어때.
우리는 잘 있으니까
아무 걱정하지 마.

아르헨티나인들은 코르푸스 크리스티 행사를 그들이 좋아하는 탱고와 축구 시합 못지않게 열광하며 즐기는 것 같다. 군중 심리가 폭발하는 종교 행사 광장 한가운데에서 비록 예거마이스터 한 모금을 마셨지만 맘속으로 기도한 것만은 사실이다.

⑬ 당일치기 우루과이

우루과이로 넘어가는 배표를 끊기 위해 항구로 왔다.

아르헨티나 현금을 다발로 갖고 있어서 사용해야 했고, 경제가 불안하기에 이 나라를 벗어날 때 현금을 모두 사용해야 한다. 돈을 내미니 직원이 현금보다 카드로 계산하면 저렴하다고 한다. 공공기관은 카드로 계산하면 할인해 준다. 세금을 더 많이 걷기 위한 목적이란다. 이해할 수 없는 계산방식이지만 결국 카드에 있는 달러로 계산하였다. 상점이나 개인은 현금을 선호했다.

우루과이 콜로니아는 인구의 90%가 유럽인이다. 스페인과 포르투갈이 백 년 동안 다투었던 콜로니아는 '식민지'라는 명칭이 그대로 굳어져 도시 이름이 되었고 1995년 유네스코 세계 문화유산으로 지정되었다. 콜로니아 서쪽으로 우루과이강, 남쪽으로 라플라타강이 흐른다. 부에노스아이레스 항구에서 페리로 한두 시간이라 당일 여행이 가능하다. 페리 선상에는 '백조의 호수' 선율이 흐르고 있다. 모스크바 노보데비치 수도원의 호수와 블라디보스토크 마린스키 극장에서 감상한 '백조의 호수' 발레 공연이 떠올랐다.

아르헨티나 시인 보르헤스는 "라플라타강은 남미의 아랫도리를 찢고 들어왔다."라고 강의 웅장함을 표현했다. 라플

라타강은 부에노스아이레스에서의 강폭이 50km이고 하구에서의 강폭은 무려 220km에 달한다. 세계에서 가장 넓은 강으로 바다라고 착각할 정도이다. 인천에서부터 속초까지의 거리와 맞먹는 넓은 강이라니, 과연 남미 대륙의 아랫도리를 찢을 만하다.

스산한 초겨울 바람에 흩날리는 낙엽이 뒹구는 콜로니아. 브라질에서 아르헨티나로 우루과이로 독립되어 나라는 계속 바뀌었으나 여전히 그 자리를 지키며 지나가는 배들의 길잡이가 되어준 등대에 우루과이 국기가 펄럭인다. 스페인과 포르투갈의 영향을 고스란히 간직한 고풍스러운 거리와 건축 양식이 조화롭게 어우러져 과거와 현재가 공존하는 공간

이다. 바닥을 자갈로 박은 좁은 골목길, 흰색 벽돌로 이루어진 건물에 장식된 꽃 소품은 낭만적인 분위기를 조성한다. 도시 곳곳의 아기자기한 카페와 레스토랑은 신선한 해산물 요리를 바탕으로 우루과이 전통음식을 선보이며 호객하고 있다. 라플라타강은 황하강보다 더 초콜릿에 가까웠다.

간밤에 악몽을 꾸었다.

방언으로 '예수 이름으로 물러가라' 외치는데 꿈이 아닌 실제로 비명을 질렀다. 화장실 물소리에 깨어난 나는 비몽사몽으로 바로 잠들었으나 계속되는 악몽이다. 뱃삯 이십 만원을 투자하여 우루과이로 넘어왔는데 소지품과 몸가짐을 더욱 조심하기로 했다. 그 영향인가 식당을 고르는데 머뭇거리다가 대장에게 한 소리 들었다. 결정 장애가 있는 궁상스러운 여인의 행동으로 인하여 대장은 점심을 건너뛰었고 나도 이런 내가 싫었다.

버스, 전철, 배, 비행기로 모든 퍼즐을 풀고 여기까지 왔고 돈을 써야 할 때는 쓰겠다고 마음먹었는데 그것이 참 어렵다. 나의 부족함을 돌아보다가 저녁 시간이 되었다. 분위기 좋은 정통 스페인 음식점에서 근사한 식사로 만회했다.

⑭ 흙탕물의 강

참 오랜만에 본다.

황하강 양쯔강
차마고도의 금사강

사 년 전
라오스의 비엔티안
황금의 삼각지에서 보았던
메콩강이 마지막이었는데

그보다 더 짙은 밤색

다크 브라운(dark brown)

초코라테 색

꼴로르 마르론(color marron)

맑고 푸른 청자 색도 좋지만

브라운 계통의 흙색이

이렇게 좋을 줄이야

나이 듦 때문인가

예거마이스터 때문인가.

아! 라플라타 강이여…

⑮ 라플라타강

부에노스아이레스는 라플라타강을 빼놓고 말할 수 없다.

범선이 라플라타강 여인의 다리 인근에 정박해 있다. 아르헨티나 해군 사관생도들을 태우고 1960년까지 순항 훈련하며 교육하던 범선이다. 정치가로 17대 대통령을 역임한 도밍고 사르미엔토의 이름을 딴 프레지던트 사미르엔토 함으로 지금은 거친 바다 생활을 마치고 그 무거웠던 돛을 걷고 닻을 내린 가운데 안식을 취하고 있다.

보르헤스는
라플라타강이 남아메리카의 아랫도리를
찢고 들어왔다고 표현했다.

그렇다면 아마존 숲은
필시 남미의 자궁이 되려는가

그녀는 자궁에서 흘러내린 양수를 받아
새 생명을 탄생시킨 탄생의 강

그녀는 팜파스의 온갖 생명을 일깨우고

영양을 주고 있는 젖줄이 되겠지

라플라타강은 맑고 깨끗한
세뇨리타의 강이 아니다.

그 흙탕의 강물은
세뇨라의 여유와 원만 숙성으로
지금도 숨 쉬고 있는 풍요함을
눈으로 보이며 선사하고 있다.

그 이름 마저 금에게 자리를 내주고
보편과 귀함을 함께 취한 은처럼
내 곁에 부담 없이 다가오네.

라플라타여
영원하여라

⑯ 생각하는 사람에 대한 단상

아르헨티나 연방의회 광장에는 의회를 등지고 5월의 광장을 바라보며 앉아 있는 자그마한 조각작품이 있다. 그렇다!

로댕의 작품 생각하는 사람이다. 그 시절 로댕이 작품 뜨는 것을 직접 감독하였다고 했으니 진품이리라.

1906년부터 그 자리를 지키던 '생각하는 사람'은 세계 5위 경제 대국이었던 아르헨티나의 풍요로운 시절과 1946년, 1976년 군사 쿠데타 등 부도 국가가 된 현재까지 많은 사건들을 보았을 것이다. 특히 연방의회에서 무슨 일을 저질렀는지 큰소리를 치면 들릴 정도의 거리인데 무엇이든 못 들었을까.

생각하는 사람. 그 작품도 생각하는 사람이지만 보는 사람도 생각하라고 만들었을 것이다. 의회에서 일하는 정치인이 정책을 생각하고 제안할 때 한 번 더 숙고하고 말했더라면 이렇게까지 나라를 말아먹지는 않았겠지. 처음에는 의원 모두에게 생각하며 의정활동을 하라고 의회 방향으로 조각품을 앉혔을지도 모르겠다. 그러다 저들끼리 싸우는 꼴이 보기 싫어서 점점 조각상이 돌아 앉았을 것이다.

프랑스 출신의 로댕이 제작한 조각품이 아르헨티나까지 와서 이 추운 날 실오라기 하나 걸치지 않고 고생하는 모습이 안타깝다. 아르헨티나 경제는 최근 많이 회복되었다고 한다. 저 로댕의 조각상이 의회 방향으로 다시 돌아앉기를 기대해 본다. 아르헨티나의 수많은 생각하는 사람들을 위하여!

⑰ 엘 아테네오 서점(El Ateneo)

    세계에서 가장 아름다운 3대 서점 중 하나인 엘 아테네오 서점은 1919년 탱고 공연장이었으나 1929년 영화관으로 운영되다가 2000년 철거 위기에 놓인 것을 서적회사가 인수하여 건물 전체를 서점으로 개장한다. 매년 일만 명 이상이 방문하는 관광 명소가 되었다. 엘 아테네오는 웅장하고 화려하다는 뜻이다. 아름다운 서점은 고전적인 오페라 극장의 형식과 무대의 조명과 커튼은 원형극장의 모습이 그대로 남겨져 있다. 다만 좌석이 있던 곳은 책장으로 채워졌고, 2층에서 내려다보이는 광경은 마치 오페라의 한 장면을 연상케 한다. 2층 한쪽에 노벨문학상 수상 작가 한강의 작품이 놓여 있다. 한강의 책을 매대에서 보는 순간, 가슴이 뭉클했다.

부에노스아이레스 국립미술관 앞 잔디밭에 플로랄리스 헤네리카가 있다. 중앙에 있는 철제 꽃은 낮에는 피어나고 밤에는 봉오리를 오므린다. 주변에 편안한 의자가 있어 시민들이 쉬어간다. 바로 옆에 있는 부에노스아이레스 법학부 건물의 외형은 그리스 신전 같았으나, 콘크리트 건물로 그 질감에서는 대리석 건물과의 차이가 확연하다. 국립미술관은

무료로 입장이 가능하다고는 하나 키오스크에서 입장권을 뽑을 때 일정 금액 기부금을 요구한다. 결국 무료 아닌 무료인 셈이다. 모네 드가 작품 외 아르헨티나 유명 작가들의 작품이 전시되어 모처럼 이들의 예술을 즐겼다.

⑱ 오스트리아 19세 청년 레나와 렉스

오스트리아에서 온 남녀 친구들은 고등학교를 졸업한 후 남자 친구 렉스의 조부 나라인 아르헨티나를 여행 중이며 다음 학기에 대학에 진학하거나 군대 입대를 고민 중이다. 여자 친구 레나는 졸업 레포트로 '남한의 자본주의가 북한의 공산주의에 미치는 영향'을 썼을 정도로 한국 역사에 흥미가 있고 한국을 좋아한다. 십 대 친구가 세상을 바라보는 시야가 넓고 독일어, 영어, 스페인어를 자유자재로 구사하며, 요리 솜씨도 수준급이다. 숙소에서 막내인 친구들은 숙소 스텝들의 사랑을 많이 받았다. 어린 친구들과 함께 만든 쿠키와 우리가 준비한 포도주를 마시며 밤늦게까지 열띤 토론이 벌어졌다.

친구들은 한국의 대통령 선거와 전 현직 대통령에 관한 궁금증을 물었고, 대장은 그분들의 장점과 한국의 정치, 문화와 정서에 관해 알려주었다. 이들은 북한의 한국에 대한 도발을 지적하고, 중국의 남한과 북한에 대한 행동을 어떻게 생각하냐고 물었다. 한편으로는 유럽에서 난민을 받아들이는 문제와 선진국의 경제력 등에 관하여 자신들의 주장을 펼친다. 이렇게 야무진 청년들을 길러낸 오스트리아의 교육 수준에 놀라웠고 그들이 부러웠다. 고등학교를 졸업한 19세 학생이 던질 만한 대화가 아니었기 때문이다. 다른 한 친구는 쿠바인으로 수도 아바나에 살고 있단다.

"쿠바는 어때요? 우리가 생각하는 쿠바는 멋진 자동차와 알록달록한 건물, 따뜻한 날씨의 멋진 곳으로 알고 있는데 맞나요?"

"쿠바는 파괴되었어요. 도심 건물 외곽이 다 무너졌어요. 하루 24시간 중 22시간이 정전입니다. 국민은 배가 고픈데 대통령과 부자들만 배가 불러요. 가족과 딸은 굶는 날이 많아요."

피델 카스트로 갓 댐(God damn)이다. 미국의 고립 정책으로 쿠바는 망했다. 수도 아바나의 10분의 1만 관광객들에게 보여주기식으로 관리되고 있단다. 도심은 폭격을 맞은 듯 온전한 건축물이 거의 없고 무너져 폐허가 되었다고 말한다.

결혼하여 딸이 있는 쿠바인은 본국 상황이 열악하다며 파괴된 도시의 사진을 보여주며 울먹인다. 이 친구는 여행객이 아니고 일자리를 찾아 아르헨티나에 왔으나 막노동으로 겨우 살아내는 중이다. 그의 밥상은 접시 하나가 전부였고 항상 구석진 곳에 앉아 식사하는 모습이다. 부엌에서 마주한 그에게 달걀 12개와 쌀 한 봉지를 내밀었다. 그는 우리가 숙소를 떠나갈 때까지 하루에 달걀 두 개씩 아껴서 먹고 있었다.

가진 자와 가지지 못한 자. 나는 어디인가?

쿠바가 파괴되었다는 말이 밤새 머릿속을 헤집었다.

쿠바는 공산주의국가이다. '정부는 돈을 주는 척을 하고 국민은 열심히 일하는 척을 하고 있다.'라는 말이 쿠바를 제대로 표현하는 말인 것 같다. 쿠바 한인들은 자국민과 외국인을 차별하는 노동정치로 고통받았으나 점차 개선되어가고 있다고 한다. 쿠바에 5년 이상 거주하면서 스페인어를 구사하는 외국인에게 국적 취득을 허용하는 정책도 실시 중이다. 미국은 1959년 쿠바 혁명 이후 피델 카스트로 정부가 친소련 정책을 펼치자, 쿠바의 민주화 유도를 명분으로 경제 제재를 시작하였다. 이후 무역과 금융거래, 여행 제한 등을 더욱 강화하여 쿠바 정부를 고립시키고 있다. 그 영향으로 쿠바 경제는 큰 타격을 입어 의약품, 식량, 에너지 등 필수 물자 부족 현상이 발생하여 생활 수준 및 사회 서비스 수준이 바닥으로 내려앉았다. 현재의 쿠바 상황은 우리가 익히 알고 있는 바와 같다.

피델 카스트로와 체 게바라가 꿈꿨던 혁명의 최종 상태가 이것이었을까? 한 국가 지도자의 잘못된 노선 선택이 몇 십 년째 전 국민을 도탄에 빠트리고 있다. 미국 정부는 제3국 국민이라도 2011년 이후 쿠바를 방문한 이력이 있으면 ESTA 전자비자를 허가하지 않는다. 정식 비자를 요구하며 까다로운 심사로 적지 않은 사람이 쿠바 방문 사실 하나만으로도 미국 입국을 거부당한 바 있다. 쿠바는 더 이상 카리브해의 따뜻한 공기를 사철 느낄 수 있는 헤밍웨이의 노인과 바다가 있는 곳이 아니다.

숙소에서 만난 스텝들은 숙소 카운터를 지키거나 청소를 돕는 대신 숙소를 무료로 이용하는 듯했다. 스텝들은 식사는 각자 해결하고 카운터 업무 순번이 아닌 날 여행을 했다. 3개 국어를 능숙하게 구사하는 오스트리아 친구들은 수제 쿠키를 만들어 나누며 소통했으며 젊은 친구들의 생각과 행동을 배우며 나도 성장 중이다.

부에노스아이레스는 외곽의 산페르난도 공항과 시내에

인접한 호르헤 뉴베리 공항, 두 개의 공항이 있다. 일부 항공사에서는 이착륙 공항 변경 소식을 임박해서 전해주는 경우가 있어 이륙 항공기를 이용할 시 공항으로 이동하기 전 끝까지 확인해야 한다. 예고도 없이 이쪽에서 저쪽으로 공항이 변경될 수 있기 때문이다. 또한 택시를 이용할 때 운전기사님께 국내선 어느 공항이라고 이야기하지 않으면 엉뚱한 곳으로 갈 수 있어 조심해야 한다.

이주 기념탑 위로 비행기가 날아간다. 저 비행기, 오늘은 어디로 향하는가?

⑲ 이구아수 폭포(아르헨티나, 브라질)

이구아수 국립공원은 파라나강에 있는 작은 항구이다.

브라질 상류에서 출발한 파라나강은 중류에서 파라과이, 브라질, 아르헨티나 국경을 지나 라플라타강과 합류한다. 이구아수 국립공원은 화려한 자연경관과 다양한 생태 환경을 보존하여 1984년 유네스코 세계자연유산으로 등록되었다. 여행자는 하이킹, 전망대, 보트 투어를 통해 폭포를 감상하거나 헬리콥터를 타고 공중에서 볼 수 있다. 이구아수는 브라질 아르헨티나 어디에서 보느냐에 따라 제각각 다른 모습을 보여준다. 이구아수는 원주민 언어로 '큰물'이다.

폭포의 80%는 아르헨티나 땅이고, 폭포의 20%는 브라질 땅이다. 아르헨티나 쪽 폭포는 규모가 큰 만큼 코스도 다양해서 악마의 목구멍, 상부, 하부 등 세 가지 코스가 있다면, 브라질 쪽 폭포는 처음부터 끝까지 한 코스로 연결되어 있다. 아르헨티나가 위에서 내려다보는 거친 느낌이라면, 브라질은 아래에서 폭포를 올려다보는 세련된 느낌이다. 물안개가 튀어 우비를 입지 않으면 옷이 젖을 정도이니 여름에 방문한다면 아예 수영복 차림을 추천한다.

이구아수를 보기 위해 이른 아침 첫 버스를 타고 공원에 도착하여 일 등으로 입장했다. 폭포에서 오픈런이라니⋯ 남미여행을 선택한 이유가 이구아수를 보기 위함이었으니 그럴 만도 하다. 전날 비가 내려서 흙탕물이다. 세계 3대 폭포 중 북미의 나이아가라폭포는 수량이 제일 많고, 남미의 이구아수폭포는 크기가 제일 크고, 아프리카의 빅토리아폭포는 높이가 제일 높단다.

기차에서 내려 악마의 목구멍(Garganta del Diablo)으로 걸어가는 동안은 시냇물 흐르듯 조용히 흐르던 물이 모여 한곳으로 흘러내리니 그 속도가 가히 상상을 초월한다. 초당 1,300만 톤의 물이 80m 아래로 떨어져 내리며 지르는 비명이라니⋯ 우리나라의 소양강댐 여름 홍수 시 방류량이 초당 최대 1만 3천 톤(평시는 5천 톤)인 것과 대비해 보면 이구아수 '악마의 목구멍'이 얼마나 무서운지 더 쉽게 짐작될 것이다.

물의 양, 물의 속도, 물의 색깔까지 세상을 삼킬 것 같은 목구멍에 빨려 들어가면 뼈도 못 추릴 것만 같은 두려움을 자아낸다.

자연의 웅장함과 함께 거대한 공포감을 느끼게 하는 악마의 목구멍아, 인간의 번민과 악한 마음도 모두 가져가다오. 악마의 목구멍은 '일 분 동안 보면 걱정이 사라지지만 삼십 분을 보면 영혼을 빼앗긴다'라는 전설이 있다. 홍수로 폐쇄되면 관람이 불가하다.

악마의 목구멍으로 향하는 물소리가 처음에는 졸졸 흐르는 악마의 속삭임이었다면, 목구멍으로 빨려 들어가는 세찬 물줄기는 악마의 울부짖음으로 바뀌었다. 악마의 목구멍에서 퍼져나가는 물방울은 진흙이 섞인 듯 손끝에 끈끈함이 느껴진다. 아마존의 비릿한 민물고기 냄새는 또 다른 자극이다.

비가 온 뒤 목구멍으로 쏟아져 들어가던 폭포수가 카카오색이다. 포말 위로 무지개가 겹쳐 초콜릿으로 보인다. 역설적으로 달콤해 보이는 것은 나만의 생각인가. 시각적으로 초콜릿 빛에 일곱 색깔 무지개가 더해져 화려함이 장관이다. 이쯤 되면 폭포에 있는 악마의 유혹에 홀려버린 것은 아닐까?

만약 저 폭포를 거슬러 오르는 물고기가 있나면 진정한 용이 아닐까?

브라질

① 사탕수수와 브라질

브라질은 아마존을 품은 남미 최대의 국가로, 거대한 잠재력과 구조적 불평등이 동시에 존재하는 대륙형 국가이다. 한국의 중남미 이주는 멕시코, 쿠바, 아르헨티나, 브라질, 파라과이로 이어진다. 우리나라와 브라질의 이민사는 한국전쟁 후 50명의 반공포로에서 시작하여 1960년대 상파울루 봉혜치로 농업이민으로 이어진다. 아르헨티나와 마찬가지로 농업에서 출발하였으나 얼마 지나지 않아 의류 봉제업으로 전환하게된다. 언어 문화의 장애를 극복한 한인의 의류 제조업은 세계 이민 역사상 가장 짧은 기간에 성공했다는 평가를 받았다. 상파울루는 전 세계 이민자들이 살고 있는 인종의 용광로이다. 낯선 땅에서 소수 이민자로 살아가는 이주민들은 역경 속에서도 교회를 중심으로 친목하며 한인공동체를 형성하였다.

해외에 거주하는 한국 교포를 '한교(韓僑)'라고 부른는데 이들은 미국, 캐나다, 일본, 중국, 만주, 멕시코, 쿠바 등으로 흩어졌다. 한인 이주민을 유대인의 디아스포라에 비유하여 '코리언 디아스포라'라고 부르기도 한다. 이주민은 단순하게 해외에 머무르는 것에만 그치지 않고 양국 간활발한 교류에도 긍정적인 영향을 미친다.

설탕의 단맛을 느낀다는 건 인간의 본능이다. 그러나 설탕의 역사는 결코 달콤함으로만 채워져 있지 않다. 설탕을 둘러싼 제국주의 팽창과 대규모 인구 이동으로 인한 식민 착취가 있었다. 무엇보다도 하와이 사탕수수농장이 한인 최초의 공식 이민지였다는 사실을 기억할 필요가 있다. 열악한 환경에서 비인격적인 차별을 받으며 독립운동의 불씨를 지핀 역사를 우리는 기억해야 한다. 당시 부의 상징은 설탕인데 귀족들은 일을 하기 싫어하고 원주민들은 천연두와 노동에 시달려 죽어 나가자, 다른 나라사람들을 강제로 이주시켜 사탕수수를 재배하게 하였다.

브라질은 아메리카에서 아프리카계 흑인 후손이 두 번째로 많은 나라이다. 흑인의 이주 역사는 사탕수수와 관련이 있으며 흑인 노예는 서아프리카 출신과 중앙아프리카 출신으로 나뉜다. 이들은 강제 이주 노예로 팔려 오면서 농장주의 혹독한 채찍과 배고픔을 견디지 못해 대다수 죽었으며 그나마 살아남은 자들은 극심한 가난을 면치 못하고 배움의 기회를 얻지 못해 문맹으로 이어졌다. 흑인 인구의 증가는 주로 노예무역 때문이었고 브라질이 포르투갈의 식민지에서

독립된 이후 백인들이 유입되었다.

　코파카바나 해변에서 검정 봉투에 빈 캔을 모으던 혼혈인이 피곤함에 지쳤는지 의자에 누워 팔을 베개 삼아 잠들었다. 한나절 발바닥에 불이 나도록 쓰레기통을 뒤지며 두 눈을 크게 뜨고 캔을 주웠을 그의 검붉게 물들은 엄지발가락을 보는 나의 가슴이 찡~하다.

② 남미의 골든 트라이앵글

　아마존의 상쾌한 공기와 시원한 폭포수는 긴 여행으로 지친 몸의 컨디션을 끌어 올렸다. 메콩강을 사이에 두고 미얀마, 라오스, 태국의 국경이 나누어지는 곳을 '골든 트라이앵글'이라고 부르는데 남미에도 이러한 곳이 존재한다. 이구아수폭포 근처 파라나강을 둘러싸고 파라과이, 브라질, 아르헨티나 등의 국가가 삼각형을 이루는 곳이 바로 거기다.

우정의 다리를 경계로 브라질과 파라과이 국경이다. 택시를 타고 우정의 다리를 건너서니 파라과이 국기가 펄럭인다. 브라질과 파라과이 양국은 우정의 다리를 경계로 국경 통과 시 출입국 수속을 안 하므로 사람들은 자유로이 국경을 왕복할 수 있다. 택시 기사님은 우리를 사우다드 델 에스테 번잡한 중심가에 내려주었다. 아르헨티나와 브라질은 물가가 비싼데 이곳의 물가는 저렴하다. 우리의 남대문 시장이나 동대문 시장과 비슷하다.

파라과이에 한인회가 있다. 1965년 농업이민 온 한인은 주로 파라과이 수도 아순시온과 사우다드 델 에스테에 정착한다. 남미의 아르헨티나, 브라질, 칠레, 페루의 교민들에 비해 파라과이 한인은 비교적 초기부터 의류, 슈퍼마켓, 전자제품 유통업에 종사하여 경제력이 있으며 목소리를 내는 편이다. 파라과이 한글학교는 현지 2세 교육을 중요시하여 브라질, 아르헨티나로 대학을 보내어 전문직 종사자가 많아졌다. 그러나 코로나 이후 한국으로 역이민 현상이 발생하여 한인회의 규모가 줄었다고 한다.

③ 브라질은 삼바의 나라

남미 여행의 정점이 이구아수 폭포인 줄 알았는데 나중에 보니 리우데자네이루였다. 브라질에서의 숙소는 산타 테레사의 용수로(Arcos da Lapa) 인근에 있었다. 호텔에서 조식을 먹고 나오는데 혼혈인 친구가 아는 척을 한다. 어젯밤 펍(Pub)에서 춤추는 나를 보았다는 것이다. 동양인이라 쉽게 눈에 띄었나 보다. 얼굴이 알려졌으니 이 동네를 빨리 뜨는 것이 상책이다. 어쩐지 낮에나 관광하고 돌아다닐 수 있는 으스스한 동네 같다는 느낌이 들어 사람들을 피해 조심스레 다녔는데, 마약, 성매매, 대마초 등 소돔 같은 지역임을 뒤늦게 알고 나니 오싹 소름이 돋았다.

어젯밤 펍은 삼바였다. 혼혈인들은 기본적으로 흥겨운 아프리카 특유의 DNA가 있어서 음악이 흐르면 몸이 자연적으로 리듬을 따라간다. 삼바의 고장답게 펍에서 밴드가 강렬한 리듬으로 열광에서 광란의 분위기로 몰아가기 시작하자 펍에 앉았던 이들이 일어나 댄스 패닉으로 빠져들었다. 열광에서 광란으로, 광란에서 카오스로, 카오스에서 천국을 경험한 것이다. 나는 몸치가 아닌데 이들의 발동작을 따라 하기에 난이도가 높아 주저하자 흑인 친구가 천천히 스텝을 알려주었다.

브라질 북부에 사는 친구들과 하룻밤 친구가 되어 삼바에 매료되었다. 그녀들은 한국인 수녀님에게서 성경을 배워서인지 우리가 한국인이라는 사실 하나만으로도 친밀하게 대해주었다. 이들은 자매로 맘이 아픈 언니를 위로하고자 리우로 여행 왔다고 한다. 술 한 모금에 저절로 몸이 반응하니까 친구들이 나에게 댄서냐고 묻는다.

나 댄서 맞다. 춤 좋아하고 흐름을 잘 탄다. 리우데자네이루의 길거리 이름 모를 동네 펍에 오니 유성 코파카바나에서 놀던 이십 대와 묘하게 데자뷰(dejavu) 되었다. 아무렴 어떤가. 춤이 별건가. 그냥 흔들면 되는 거 아닌가. 즐기는 자를 어찌 이기겠는가. 맨발의 정 여사 아무도 못 따라온다. 동양인 중년 여성의 맨발 투혼이 펍의 수준을 높였다나 뭐라나 하는 믿거나 말거나의 전설(?)이 남았단다.

④ 삼바에 대한 단상

삼바는 스텝이다. 리듬에 맞춰 아주 잘게 썰어낸 슬라이스 친 스텝의 집합이다. 박자를 맞추어 스텝을 잘 옮기면 춤이 되지만 박자가 안 맞으면 무도장 바닥 쓸기 발바닥 운동도 안 된다. 문제는 리듬이다. 매우 빠른 속도의 2/4박자 리듬의 반복은 아프리카 음악으로부터 유래되었음이 확실하다. 그러나 박자에 맞추어 몸을 움직인다는 것은 그리 쉬운 일이 아니다. 몸이 리듬을 정확하게 타야 하는데 조그마한 오차라도 있으면 그만 지랄 발광 오두방정이 되어 버린다. 내 몸에 미세하게 박자가 안 맞는 것을 이들은 기가 막히게 알아차린다. 삼바는 어깨와 손동작이다. 무언가 달라기도 하고 준다고도 한다.

정중하게도 보이고 무례하게도 보인다. 무엇보다 무도장 바닥을 쓸고 있는 스텝과 함께 잘 어우러져야 경망스럽지 않아 보인다.

⑤ 산타 테레사 트램

용수로 인근 지역을 벗어나 새로 얻은 숙소는 원룸 아파트로 얼굴을 인식한 후에야 출입이 가능하기 때문에 비교적 안전한 숙소였다. 옥상에 수영장이 설치되어 있어 수영하며 리우의 스카이라인을 볼 수 있는 낭만적인 곳이다. 숙소를 옮기기 전 조식을 주는 호텔도 좋았으나 원룸에서 오이를 무치고 양배추를 삶아 된장에 찍어 먹었더니 몸도 마음도 편안해졌다. 어떤 날은 소고기와 모든 채소를 넣고 뭉근하게 끓였다. 주변에 해군 부대가 있고 미래를 향한 인류의 도전과 기회를 다룬 해안가 과학 박물관과 미술관이 있어서 날마다 주변 해안가를 산책했다.

최초 현지인들을 위한 교통수단으로 운행되던 트램이 관광객을 위한 관광 트램으로 운행되고 있다. 공중으로 가는 관광용 트램이 궁금하여 리우 시내 중앙 역에서 트램 관광의

기회를 몇 번의 시도 끝에 어렵게 가졌다. 트램이 지나는 길목에 혼혈인들이 삼삼오오 모여 있기에 손을 흔들었더니 내려와 대마초를 피자고 손짓한다. 얘들아, 60대 청춘인 우리들이 인천공항에서 수갑 찰 일 있냐?

산타 테레사는 파벨라 극빈층이 사는 지역이며 리우의 언덕에 있다. 빈민가 지역이 음악가, 예술가들이 거주하는 곳으로 바뀌면서 예쁜 카페와 음식점이 생겨났다. 트램을 타고 산타 테레사 위로 올라가니 화려한 길거리 벽화와 리우의 시내가 한눈에 내려다보인다. 리우의 속살을 가까이에서 볼 수 있는 트램은 중간중간 현지 마을 사람들도 타고 내렸다. 왕복 한화 오천 원이고 한 시간 정도 소요되나 인기 있는 관광 상품이라 많은 시간을 기다려야 탈 수 있다.

⑥ 리우데자네이루의 코파카바나

세계 3대 미항은 나폴리, 시드니, 리우데자네이루 항이다.

리우는 경이로운 도시라는 별명이 붙어 도시계획 전문가들에게 예술적 영감을 주는 도시이다. 해마다 2월 말에서 3월 초 리우 카니발은 전 세계 관광객이 몰리는 지구촌 축제이다. 리우는 2012년 유네스코 세계 문화유산으로 등재되었다. 코파카바나 해안을 따라 펼쳐지는 자연경관이 세계적인

휴양지라는 말처럼 아름다웠다. 코파카바나 해변은 리우 동쪽에 있는 반달 모양으로 휘어진 4km 정도의 흰 모래가 유난히 인상적인 백사장이다.

저 멀리 코르코바도산과 슈가로프산, 푸른 바다, 도심의 빌딩 스카이라인을 한꺼번에 보고 즐길 수 있는 곳으로 우리나라 해운대 해수욕장과 비슷한 느낌이다. 우리가 방문한 7월은 겨울(성수기는 12월에서 3월의 여름시즌)이었지만 그래도 해변에는 해수욕, 썬탠, 비치발리볼 등 많은 이들이 해양 활동을 즐기고 있다. 해변 백사장 초입 종려나무 그늘 밑에서 원주민 행상이 건네준 코코넛 주스를 느긋하게 마시며 코파카바나를 눈과 마음으로 담아본다.

코파카바나 해변에 있는 코파카바나 요새에서 브릭스(BRICS) 2025 정상회담이 열리고 있어 한가한 해변의 모습

과 달리 무장 차를 대동한 경호 인원으로 경계가 삼엄했다.
BRICS는 브라질 B, 러시아 R. 인도 I, 중국 C, 남아프리카공
화국 S의 머리글자이다. 이들은 넓은 영토와 풍부한 자원을
바탕으로 경제적 위상증대와 국제 관계에서 미국의 뒤를 이
을 강대국으로서의 목소리를 내기 위해 이 회의체를 만들었
다. 우연히 브릭스에 참가하는 중국 외교부 직원들과 마주쳤
다. 같은 동양인이라 반가웠는지 두 눈이 커지기에 당신들은
아시아 대표로 참석했다고 추켜세우며,

"우싱훙치(五星紅旗) 지라이(起來)!"

'오성홍기를 높이 올리라.' 중국 국가의 한 구절을 말하니
엄지손가락을 세우며 감사해한다. 말은 타이밍이다.

아르헨티나와 브라질 두 나라에 잠재력이 있다고 생각했는데, 기본적으로 공중도덕과 사회 전반적인 시스템이 미흡하다. 두 나라 모두 좌파 정책 때문에 앞으로도 크게 변함이 없을 것이다. 나라 크기나 인구 자원을 보면 일류 국가가 되어야 하지만 결코 세계적으로 수위를 다투지 못한다. 남미에서 나름대로 폼은 잡겠으나 세계 무대에서 축구를 빼놓고는 내세울 것이 별로 없다. 이들은 축구 강국답게 어딜 가나 축구 유니폼을 자랑스럽게 입고 다닌다.

일주일 동안 핸드폰 와이파이 없이 버티었는데 도시로 나오니 불편했다. 리우에서 핸드폰 와이파이 설치에 세 시간 걸렸다. 남미 최빈국 볼리비아도 즉시 개통인데 브라질의 소프트웨어는 따라가지 못한다. 거리의 천사들이 매트리스를 깔고 누워 있고 길거리가 지린내 천지이다.

반전은 호텔 방에 있는 삼성 TV와 LG 에어컨이다.

⑦ 이파네마 해변

리우에 코파카바나 해변과 붙어서 이파네마 해변이 있다. 코파카바나가 리우의 동쪽이라면 이파네마는 남쪽이라고 보면 된다. 두 해변은 리우의 상징으로 리우의 부촌인 이파네마 지역은 코파카바나에 비해 훨씬 더 세련되고 현대적인

분위기를 풍긴다. 바다를 막아 인공으로 만든 해안가는 고급 주택가와 상가로 형성되어 있어 젊은 층에 특히 인기가 좋다.

파란 하늘보다 더 푸른 바다의 쉼 없는 물거품은 가장 먼저 만들어져 가장 먼저 사라지지만 바다는 아무것도 잃지 않고 다시 파도를 만들어 보낸다. 남미 현지인들이 이파네마 해변을 더 좋아하는 이유는 미국의 재즈와 브라질의 민속음악 삼바가 만난 보사노바(Bossa nova) 음악 때문이다. 보사노바는 포르투갈어로 '새 물결'이라는 뜻이다.

삼바의 생명이 발바닥이라면 재즈는 약한 헤드뱅잉이다.

삼바가 야수적이라면 재즈는 정물적이다.

삼바가 빈센트 반 고흐라면 재즈는 에드가 드가이다.

이파네마 해변에 쌍둥이처럼 붙어 있는 두 형제산을 올라가려면 빈민촌 '파벨라'를 지나가야 하는데 위험하니까 가이드를 동행하는 것이 좋다. 이곳에 사는 이들은 마약 관련 및 불법 무기 소지자가 많고 종종 시가전을 벌이기도 하여 경찰도 들어가기가 쉽지 않다고 한다. 브라질에서는 이곳에 거주하는 이들에게 생계비를 대주는 정책을 펴고 있다. 그러나 하루 벌어서 하루를 사는 이들은 배움의 기회가 짧고 문맹률이 높은 안타까운 현실이다.

⑧ 코르코바도 언덕 예수상

리우데자네이루의 3대 명소는 코르코바도 언덕의 예수상, 셀라론 계단, 메트로폴리탄 대성당이다. 브라질 독립 100주년인 1922년 완성한 예수상의 정식 명칭은 '구세주 그리스도상'으로 해발 710m의 코르코바도 언덕 정상에 있다. 높이가 38m, 양팔 사이의 길이가 28m로 세계 최대 예수상으로 2007년 세계 7대 불가사의로 선정되어 리우를 상징하는 랜드 마크가 되었다. 리우는 범죄율이 높은 도시라 예수상을 보며 절제하라는 의미로 세웠다는 설도 있지만, 어쨌거나 멕시코의 주된 관광자원으로 한몫을 담당한다. 멀리 플라멩고 시가지와 해안에 불쑥 솟아오른 팡 데 아수가르는 수평선을

배경으로 화려한 경관을 뽐낸다. 예수상의 앞은 부촌이지만 예수상 뒤는 브라질의 빈민촌 '파벨라(favela)'로 한국의 달동네를 떠올리게 한다. 이들은 평생 약자였는데 빈민의 편이었던 예수님도 파벨라를 등진 듯한 아이러니.

코르코바도 언덕은 자동차를 타거나 도보로 올라가기도 하지만 대부분 산악 열차를 타고 올라간다. 예수상은 인간이 만들었다고는 도저히 믿기지 않는 신의 걸작품이다. 예수상은 양팔을 벌리고 세상을 향해 '무거운 짐 진 자. 다 내게로 오라'는 포용과 축복을 의미한다. 그러나 예수님 얼굴이 많이 지치고 피곤해 보이는 것은 나만의 생각인가. 많은 이들이 와서 사진을 찍고 있으나 예수님 말씀대로 행하는 사람들이 많지 않다 보니 예수님이 피곤하신 것 같다. 예수 천국 불신 지옥이니 모든 인간이 바뀐다면 표정이 바뀔까? 그런 날이 빨리 오고 나도 예수님 말씀대로 행하고 그 품 안에 안겨 있기를 기도한다.

⑨ 셀라론 계단

셀라론 계단은 칠레 예술가 호르헤 셀라론의 작품이다. 작가는 전 세계 60개국에서 수집한 타일로 계단을 장식하여 리우의 명소를 만들었다. 처음엔 폐기물에서 수집한 타일로

계단을 꾸미다가 점차 관광객의 기부를 통해 몇 년동안 작업을 거쳐서 화려한 원색의 계단으로 탄생하였다고 한다. 이 동네는 레게머리 친구들이 길거리에서 노골적으로 대마초를 피운다. 이곳은 성범죄 마약 등 우범 지역이라 핸드폰은 보이지 않는 것이 좋다. 셀라론 계단을 끝까지 올라가 골목을 쳐다보니 오고 가는 보행자가 전혀 없다. 범죄율이 높은 위험지역이라 사람이 없는 골목길은 피하고 넓고 밝은 대로로 걷는 것을 추천한다. 매 순간 새로운 풍경 속을 걸으며 변화무쌍한 풍경을 보고 느끼니 날마다 새롭다.

타국에서 세 번의 큰 만남은 인연이다. 남미에서 동양인을 만나기 어려운데 중국인 친구는 우연히 세 번이나 마주쳤다. 상대의 동작과 입 모양을 보고 말을 이해하는 친구는 가방에 끈을 연결하여 손목에 채우고 여행하는 중이다. 우리가 쳐다보니까 본인도 우리를 의식했는지 고개를 끄덕인다. 아르헨티나 공항 가는 길, 우루과이 넘어가는 버스터미널, 그리고 세 번째 브라질 셀라론 계단에서 마주쳤을 때는 마침내 먼저 달려와 인사를 했다. 번역기와 장애인 편의 시설을 이용하여 홀로 여행하는 모습이 놀랍고 대견하다. 이 친구가 버스로 바꾸어 탈 때는 경관이 동행하여 버스 운전사에게 인계하였다. 장애인 친구를 통해 생각의 폭과 시야가 넓어짐을 경험하며 셀라론 계단에 앉아 잠시 쉬어간다.

⑩ 메트로폴리탄 대성당

리우의 대성당은 1979년 완공되어 2만 명을 수용하는 피라미드를 닮은 독특한 외관이 특징이다. 브라질의 건축가 에드가르 데 올리베이라 다 폰세카(이름이 참 길기도 하다)가 마야의 피라미드에서 영감을 받은 원뿔형 구조로 설계하였다고 한다. 숙소 근처 도심 중앙에 있어서 쉽게 찾을 수 있었다. 전통적인 성당과 완전히 다른 이 성당은 멀리서 보면 회색빛으로 퇴색된 듯하지만, 안으로 들어가면 네 줄기의 유리가

사방에서 뻗어 올라가 마치 천상의 모습을 연상케 한다. 건물이 특이한 점은 내부에 기둥이 없으며 천장의 십자가 유리를 통해 자연통풍과 자연 채광으로 전등을 켜지 않아도 안이 밝고 브라질의 찌는 듯한 더위를 막아준다는 것이다. 원추형으로 생긴 외부와 다르게 4면을 가득 채운 아름다운 스테인드글라스가 장식되어 장엄한 분위기를 연출한다. 이 성당은 리우의 수호성인 성 세바스티안에게 헌정된 곳으로 그의 청동 조각상이 북쪽과 남쪽 문 앞에 사랑과 평화를 상징하며 서 있다. 성당 중앙의 십자가를 보며 경건한 마음으로 기도 드리고, 성 세바스티안 성인의 손을 간절한 마음으로 잡아본다.

⑪ 대륙의 파수꾼 빵산(Sugar Loaf Mountain)

　리우의 슈가로프산은 바다의 위협에서 대륙을 지키는 파수꾼처럼 브라질 내륙의 해안선에 우뚝 솟아 멀리서 보면 설탕을 쌓아 놓은 듯하여 '빵산'으로 불린다. 해면 위에 불쑥 솟아올라 바다에서 도시를 내려보는 듯한 산은 인디 언어로 '까끌까끌한 작은 섬'이라는 뜻이다. 빵산을 오르는 케이블카는 로저 무어가 제임스 본드로 출연한 영화 007시리즈(문레이커)에서 전투 장면을 촬영하여 리우의 명물 케이블카로 더 유명해졌다. 빵산을 보니 봉긋하게 솟아오른 부분이 말의 귀를 닮았다는 진안의 마이산과 겹쳐 보인다.

　바다와 바다 사이에 있는 봉우리와 봉우리는 케이블카 이용 없이는 이동이 불가능하다. 이곳에 오르려면 케이블카를 두 번 타야 하는데 첫 번째 케이블카 터미널에 도착하니 각종 기념품 상점과 부스, 카페가 있어 브런치를 즐기는 사람들이 많았다. 원래 이곳은 일몰 장소로 유명한데 이른 아침에 저 멀리 보이는 어제 보았던 코르코바도산은 또 다른 반가움이었다. 예수님은 나를 계속 품에 안고 계신가보다.

　두 번째 케이블카를 타고 빵산 정상에 도착하니 카페가 우리를 반긴다. 정상에서는 리우의 시내가 한눈에 보인다. 북쪽으로는 과나바라만과 보타포구 해변, 산투스 두몬트 비행장,

남쪽으로는 반달 모양의 코파카바나와 이파네마 해변, 동쪽으로는 대서양의 광활한 수평선, 서쪽으로는 코르코바도산 정상에 우뚝 솟은 예수상 등 자연경관이 한눈에 다 내려다보인다.

뱃고동 소리를 길게 울리며 화물을 가득 실은 화물선이 대서양을 향해 서서히 나아가고 있다. 뱃고동 소리가 만(灣)을 수놓고 있는 형형색색의 요트들을 향해 '꼬맹이 요트 너 비켜'라며 점잖게 말하는 듯하다.

뱃고동 소리가 이렇게 친근할 줄이야.

⑫ 페이조아다에 대한 단상

페이조아다는 브라질 사람들이 사랑하고 브라질을 대표하는 전통 음식이다.

페이조아다는 단순한 음식을 넘어 브라질의 역사와 문화를 상징하며 브라질 음악과 춤, 특히 삼바와 밀접하게 연관되어 있다. 이 음식은 포르투갈 북부가 기원으로 강낭콩, 소, 돼지고기 소시지로 스튜를 만드는데 고기 없이 콩만 끓인 것은 '페이장'이라고 한다. 칼로리가 높아 서민들은 일주일에 두 번만 먹는데 운동선수들은 훈련 후 체력 보충을 위해 먹기도 한다. 아프리카 해방 노예들이 도축 후 남은 내장을 끓여 시장에 판 것이 유래라는 설도 전한다.

1 검은콩으로 만든 찌개답게 첫인상은 거무스름한 블랙 스튜로 아프리카 태생임을 은연중 보여주고 있다.

2 찌개 종류로 여럿이 함께 떠먹을 수 있는 국물이 있는 것으로 보아 서민들이 먹었던 음식이었음을 알 수 있다.

3 찌개를 한입 떠먹으면 콩 요리 특유의 구수함이 입안에 퍼지는 우리나라의 청국장과 팥죽을 섞은 느낌이다.

4 찌개 안에 부재료로 고명처럼 있는 건더기(소, 돼지고기, 소시지)는 짜지만, 그 짭짤함은 따로 나오는 밥과 녹색 채소잎이 잡아준다.

5 깍둑썰기 튀김으로 제공되는 소, 돼지고기는 그리 짜지 않아 맥주 안주로도 궁합이 좋다.

6 밥과 함께 섞어 먹는 카사바 가루로 만든 파로파(farofa)는 풀풀 날아다니는 밥알들을 뭉쳐주면서 고소한 맛을 내

주고 피칸테(picante) 소스는 특유의 매운맛으로 느끼함을 잡아준다.

7 한국 내 브라질 레스토랑에서 파는 페이조아다와 큰 차이는 없다. ㅎㅎ

⑬ 축구의 성지 마라카낭 경기장

세계에서 가장 큰 축구 경기장인 마라카낭은 FIFA 브라질 월드컵을 개최하기 위해 1950년 건설되었다. 우승 후보 브라질이 우루과이에 패배한 월드컵 결승전이 열린 마라카낭 경기장은 비공식적으로 21만 명을 수용했다는 후문이 있다. 당시 브라질의 패배는 '마라카낭의 충격'으로 불렸으며 두 명이 심장마비로, 또다른 두 명은 자살로 죽은 사건이 있었다. 이곳에서 미사, 콘서트 등 다양한 행사를 주최하나 마라카낭 경기장의 존재 이유는 축구이고 축구하면 브라질이다. 나는 축구의 규칙이나 용어는 잘 모르나 휴가지에서 대장이 잘 때 홀로 일어나 호텔 로비에서 월드컵 새벽 경기를 볼 정도로 푹 빠졌던 적이 있다.

한국 축구대표팀이 2014 브라질 월드컵에서 형편없이 패하고 이구아수 폭포를 관광하고 와서 몰매를 맞았다는 기사를 본 적이 있다. 조용하게, 귀국했으면 그냥 넘어갔을것을…

관광은 왜 갔을까? 2026년 홍명보 감독이 이곳에 다시 오면 무슨 생각을 할까? 부디 승리하여 금의 환향 하시기를!

브라질은 주짓수의 원조이다.

큰아들 임 작가의 취미는 유도와 주짓수이다. 우리가 브라질에 있다고 하니까 부러운 듯이 아들은 '주짓수의 원조는 브라질'이라고 한다. 일본의 유도가 브라질에 와서 주짓수로 발전되었단다. 짬을 내어 힉슨 그레이시 가문의 주짓수 도장을 찾아 몇 번의 방문 끝에 관장을 만났다. 40대 후반의 관장은 우리 큰아들이 주짓수 선수라고 하자 엄지를 척 올려 세운다.

저녁 비행기라 배낭을 맡겨야 하는데 돈을 입금해야 위치를 알려준다. 무얼 믿고 선입금을 하나 고민하다가 대략적인 위치를 파악하기 위해 골목골목을 찾아다니다가 첫날은

허탕쳤다. 다음날 돈을 입금하고 알려준 주소를 확인한 다음
남은 시간 리우의 구석구석을 눈에 담았다.

⑭ 신이 나에게 허락한 시간

비행기 안의 시간과 밖의 시간은 다르다는 것을 받아들여
야 할 때가 왔다. 지구 반대편의 시간은 12시간 빠르다. 지구
는 서쪽에서 동쪽으로 돌아간다. 출발지 현지의 시간과 도착
지 현지의 시간 적용에 시차가 있어 12시간이 없어졌다. 비
행기 내부는 12시간이지만 외부의 시간은 더 많이 지나가
있어 내가 살지도 않은 시간이 지나갔다. 우리는 인간이 정
한 날짜 변경선으로 살 것이 아니라 신이 정해준 시간으로
살아야 한다. 우리는 인간이 정한 시간으로 돌아오면서 잃어

버린 시간을 기억해야 한다. 비행기 내부의 시간과 외부의 시간은 속도가 다르다. 내부의 시간은 실제적이나 외부의 시간은 빨리 간다. 신이 나에게 주어진 시간을 살아야지 인간끼리 정한 시간을 사는 것은 허상이다.

⑮ 장거리 연애

리우 공항에서 국내선 비행기를 타고 상파울루 공항으로 이동했다. 상파울루 국내선에서 국제선으로 환승할 때 직원에게 최종 목적지와 수화물이 자동으로 환승되는지 꼭 확인해야 한다. 우리는 아디스아바바 경유, 최종 목적지는 인천공항이라고 말했는데도 공항 직원이 아래층으로 내려가서 화물을 찾아서 밖으로 나갔다가 다시 들어오라고 하여 혼선이 있었다. 반드시 재차 확인하고 잘 모르겠으면 직원의 도움을 받아 국내선에서 국제선으로 이동해야 한다. 상파울루 공항은 복잡하여 길을 잃거나 비행기를 놓치는 경우가 허다하다. 브라질 국제선 환승 연결 통로에 오니 그제야 출입국 도장을 찍는 곳이 나왔다. 정신 똑바로 차리지 않으면 공항에서 미아 되기 쉬운 곳이다.

상파울루는 젊은 연인의 사랑이 감동으로 다가왔던 도시

이다. 리우 공항에서 만난 한국인 친구는 국제 커플이다. 브라질 올 때 상파울루 공항에서 리우 환승 비행기를 놓쳐 상파울루에서 리우까지 택시를 탔다고 한다. 여자 친구는 이제 다시 한국으로 돌아가는 남자 친구가 걱정되어 남친을 우리에게 부탁했고, 우리는 끝까지 책임지는 자세로 인천공항에 안전하게 도착한 사진을 그녀에게 보내주었다. 이 커플은 앱을 통하여 언어를 공부하다가 연인으로 발전하여 일 년 동안 네 번 양국을 오가며 장거리 연애 중이라고 한다. 우리가 귀국한 후 한참이 지난 10월 말 그들에게 안부를 물었을 때 둘이 함께 마라카낭 경기장에서 브라질 대표 축구팀 경기를 보고 있다는 사진을 보내왔다. 18,000km를 오가며 길 위에서 나누는 젊은이의 위태로우나 아름다운 사랑이다.

⑯ 통제

신이 인간을 만들 때 너희는 자유인이다.
내가 너희를 자유케 하리라 말씀하셨듯이
인간은 자유로운 존재다.
그런 자유로운 존재인 인간이 구속받고
통제된다고 느끼면 원초적으로 변한다.
하늘에 떠 있는 비행기 안에서
내가 할 수 있는 일은 제한적이다.

영화를 보거나 화장실을 가고 가족사진을 보고
오직 기다려지는 것은 기내식이다.

어둡던 기내에 전체 등이 켜진다.
기내식 시간이다.
승객들은 저마다의 동작으로
좌석 뒤에 있는 트레이 테이블을 내린다.
아프리카인 계속 잔다.
유럽인 약간의 관심을 보인다.
남미인 중간 정도의 관심을 보인다.
한국인 트레이 테이블을 벌써 내려서 바닥을 닦고 도시락
받을 준비 완료다.

승무원이 카트를 밀고 골목에 등장하여
승객의 뱃속 허기를 채워주려고 분주히 왔다 갔다 한다.
약간의 시간이 지나고 정적이 흐른다.
기내에 닭요리 스테이크 냄새가 퍼진다.
하늘에서는 달고 짜고 취하는 것이 두 배라는데
화이트와인에 감정마저 취한다.

⑰ 120일 만에 무사 귀환

떠날 때는 인천–벤쿠버–멕시코
귀국할 때는 리우–상파울루–에티오피아–인천
비행기로 지구 한 바퀴,
환승을 포함하여 비행기 탑승 열일곱 번.

남반구에서 사 개월
고지대에서 고산병과 수족구
치안이 좋지 않다는 운전기사님의 조언
핸드폰을 조심하라는 현지인
옥탑방을 내어준 원주민
룰루, 까까머리, 호구 커플의 모습이 주마등처럼 스친다.
여행기가 세상을 살아가는 이야기라면 자연, 행복, 문화,

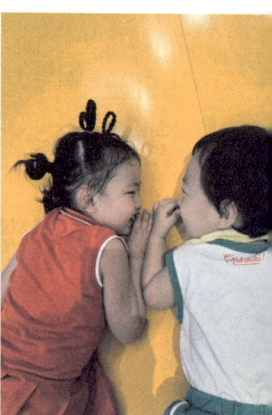

사랑, 삶과 죽음도 사람들이 살아온, 살아가는, 살아갈 이야
기이다.

'준호 준혁 아버지 어머니 무사 귀환을 축하드립니다.'
인천공항에 도착하니 딸 같은 아들들이 휴가를 내어 피켓
과 꽃다발을 들고 환영 나왔다. 살면서 이런 기분도 느껴 보
다니, 4개월이 짧은 시간이 아니었구나. 며느리는 할아버지
할머니가 공항에 도착했다는 소식을 듣고 아파트 현관에 나
와 기다리는 손주들의 사진을 보내왔다.

낯선 곳에서 익숙한 곳으로 귀환했는데 익숙한 곳이 더
낯설다. 열대 아마존보다 한국이 더 덥다니.

앞으로 가고 싶은 나라들을 순위에 상관없이 리스트를 작성해 보았다.

1 중국, 스탄 국가, 코카서스 3국에 이르는 실크로드
2 스페인, 포르투갈, 모로코 3국
3 체코, 오스트리아, 슬로바키아, 크로아티아 등 동유럽
4 세르비아, 불가리아, 마케도니아, 그리스 등 동남 유럽
5 이집트, 이스라엘, 요르단 등 중동 성지 순례
6 미국, 쿠바, 콜롬비아…

노마드(nomade)란 삶의 터전을 만들지 않고 다른 장소를 찾아 이동하며 새로운 자아를 찾아가는 유목민, 여행자이다. 특정한 가치와 삶의 방식에 얽매이지 않고 끊임없이 자기 자신을 바꾸어 창조적으로 살아가련다.

나오는 길

두 발로 찾아다니는 묘미가 있다.

나는 누구이고 여긴 어디인가를 화두로 삼아 세계인들과 이야기를 나눈다는 것이 곧 즐거움이다. 한정된 공간에서 만들어진 유적을 보며 창조적인 마음이 가미된다는 생각은 흥미진진하기만 하다. 석양을 집에서 보거나 마추픽추에서 보거나 우수아이아에서 보는 것은 같은 태양이지만 모양, 색깔, 빛의 작용이 모두 다르다.

여행을 통해 살아있음을 느낀다.

한 치 앞도 알 수 없는 매일의 삶 속에서 고전하며 나아간 날들의 경험을 출판하기로 했다. 지구 반대편에서도 사람답게 행복하게 살아가고 싶다는 모습은 같다. 중남미는 치안이 안 좋기로 소문났는데 중심가는 관광객이 많아서인지 의외로 안전했다. 그래도 혹시나 싶어 항상 해가 지기 전 숙소로 들어왔다. 언어가 다른 곳에서 잘 견딜 수 있었던 것은 낯선

이에게 손을 내미는 그들의 따스한 손길 때문이었다. 모르는 길을 물어보면 가던 길을 멈추고 목적지로 함께 걸어주거나, 버스비를 대신 결제해 주었고, 원주민들은 자신의 거실과 부엌, 옥탑방을 내주었다. 그네들의 친절 덕분에 마야, 잉카 원주민 숙소에서 홈스테이 하고 싶은 소원을 이루었다.

넉 달 동안 각종 교통 시설 환승 및 도보로의 이동을 통해 먹고 자는 하루하루의 힘겨운 도전과 몸짓은 짜릿한 경험이다. 비행기 대신 버스, 버스 대신 도보, 호텔 대신 호스텔, 홈스테이를 이용했다. 여행을 통하여 육체적으로는 노쇠해지지만 어떤 힘듦이 다가와도 나아갈 정신적 용기를 얻었다. 어깨를 짓누르는 배낭의 무게를 감당하는 몫은 오로지 내가 아니면 정리할 수 없는 개인의 문제였다. 삶에 많은 것이 필요하지 않음을 알게 되었으니, 이후로는 무게를 덜어내는 시간이 될 것이다.

잔향으로 남은 여행의 향기가 가득하다.
당분간 그 향기에 취해 살리라.

끝으로 이 책이 나오기까지 수고를 아끼지 않은 행복우물의 모든 스태프에게 깊은 감사를 드린다.

publisher   instagram

날것 그대로의 중남미

초판 발행 2026년 3월 10일

지은이 정진숙

펴낸이 최대석

펴낸곳 행복우물

출판등록 307-2007-14호

등록일 2006년 10월 27일

주소 서울특별시 종로구 종로1길 50 더케이트윈타워 B동 위워크 2층

전화 031-581-0491

전자우편 book@happypress.co.kr

정가 21,000원   **ISBN** 979-11-94192-64-0(03810)